春潮NOV+

回到分歧的路口

WOODY ALLEN
ZERO GRAVITY

在曼哈顿长大

伍迪·艾伦幽默故事集

[美] 伍迪·艾伦 著 陈正宇 译

中信出版集团 | 北京

图书在版编目（CIP）数据

在曼哈顿长大：伍迪·艾伦幽默故事集 /（美）伍迪·艾伦著；陈正宇译 . -- 北京：中信出版社，2025. 1.
ISBN 978-7-5217-6671-4

I. I712.45

中国国家版本馆 CIP 数据核字第 2024U0T882 号

Zero Gravity by Woody Allen
Copyright © 2022 by Woody Allen
Foreword copyright © 2022 by Daphne Merkin
Published by arrangement with Skyhorse Publishing
through Andrew Nurnberg Associates International Limited
Simplified Chinese translation copyright © 2025 by CITIC Press Corporation
ALL RIGHTS RESERVED
本书仅限中国大陆地区发行销售

在曼哈顿长大——伍迪·艾伦幽默故事集
著者： ［美］伍迪·艾伦
译者： 陈正宇
出版发行：中信出版集团股份有限公司
（北京市朝阳区东三环北路 27 号嘉铭中心　邮编　100020）
承印者： 三河市中晟雅豪印务有限公司

开本：787mm×1092mm 1/32　印张：8.25　字数：150 千字
版次：2025 年 1 月第 1 版　印次：2025 年 1 月第 1 次印刷
京权图字：01-2024-3875　书号：ISBN 978-7-5217-6671-4
定价：59.80 元

版权所有·侵权必究
如有印刷、装订问题，本公司负责调换。
服务热线：400-600-8099
投稿邮箱：author@citicpub.com

献给我们可爱的女儿,曼齐和贝谢。
我们眼看着你们长大,
却没注意到你们偷偷用我们的信用卡。

当然还有宋宜——如果布莱姆·斯托克认识你,
他本可以写出《德古拉》的续篇。

目 contents 录

Story 01
你又不能回家了,原因如下
1

Story 02
奶牛也疯狂
15

Story 03
公园大道,高层,急卖——卖不出去得跳楼
25

Story 04
与布法罗鸡翅共度今宵
37

Story 05
真正的天神化身请起立
47

Story 06
脸部小整形绝对无伤大雅
57

Story 07
曼哈顿龙虾故事
69

Story 08
结束了叫醒我
77

Story 09
欸，我把氧气罐放哪儿了？
87

Story 10
王朝乱事
95

Story 11
万籁俱寂
105

Story 12
使劲想，会想起来的
115

Story 13
抱歉，谢绝宠物
125

Story 14
钱能买到幸福，才怪
133

Story 15
当你的车标是尼采时
141

Story 16
向上翻，绕个圈，然后穿过去，殿下
149

Story 17
无与伦比的大脑
161

Story 18
伦勃朗的马脚
173

Story 19
在曼哈顿长大
183

代　跋
达芙妮·默尔金
243

说　明
253

Story 01

你又不能回家了，
原因如下

任何曾把一根点燃的火柴扔向军火运输船货仓的人都会赞同：再轻微的举动都可能引发极其巨大的声响。事实上，就在几周前，我自己的生活便被搅得天翻地覆，而导火索不过是塞进我们联排别墅门缝里的一张通知单，文字长度不超过一封言简意赅的情书。那张致命的通知单宣布，一个正在曼哈顿拍摄的好莱坞制片团队认定，我们家的外部特征恰好完美符合他们此刻正在炮制的某部荒诞电影的需求，若室内考察通过，他们希望将这里作为取景地。当时我满脑子想的都是几桩影响到我在黄铁矿上的大量投资的华尔街并购事件，那份潦草的通知在我看来，紧急程度等于中餐馆的外卖菜单，因此我顺手将其丢进了废纸篓。这件事是如此微不足道，以至于它在争夺我记忆神经元的竞赛中连荣誉提名都拿不到。直到几天以后，我和妻子正在刮下被厨娘火化得面目全非的晚餐上的焦炭——

"有件事我忘了提，"那位来自都柏林的纵火狂一边清理桌布上的煤灰一边说，"今天你们去找常看的那位庸医接受罗尔夫疗法时，拍电影的那帮人来过了。"

"什么人？"我漫不经心地问道。

"他们说给你发过通知了。他们是过来考察的。这栋房子获得了一致认可,只有一点他们不喜欢,那张你和阿尔伯特·爱因斯坦的合照,他们一眼就看出来是假的。"

"你让陌生人进屋了?"我怒斥道,"都没经过我的同意?要是这帮人是小偷或者连环杀人犯怎么办?"

"开什么玩笑?他们可都穿着克什米尔羊绒衫呢,可优雅了。"她还嘴道,"再说了,我知道那个导演,他上过查理·罗斯的访谈秀[1]。就是那个哈尔·洛奇佩斯特[2],好莱坞的当红炸子鸡。"

"你难道不觉得激动吗?"我的另一半插嘴道,"试想一下,我们住的房子可能会因为被拍进奥斯卡获奖大片而流芳百世。他们有没有说谁会参演?"

"我只知道有布拉德·庞奇和安布罗西娅·维尔贝斯!"我们的厨娘激动地喊道,显然已被这两位大明星迷倒。

"很抱歉,两位甜心,"我断然裁定道,"我是绝不会让这伙人进屋的。你们是不是疯了?难道要请一群山魈到我们价值连城的大不里士[3]地毯上露营?这可是我们的圣殿、我们的庇护所,里面有我们从欧洲各大拍卖行淘来的璀璨珍品——我们的中国花瓶,我那些首版书、代尔夫特蓝陶、路易十六风格

---

[1] 指《查理·罗斯访谈录》,美国访谈类节目,1991 至 2017 年间在美国公共电视台(PBS)播出。(本书注释如无特殊说明,均为译者注。)
[2] "洛奇佩斯特"(Roachpaste)意为"蟑螂肉酱"。
[3] 大不里士:伊朗古都,以出产编织地毯闻名。

的家具，我毕生收藏的华而不实的装饰品和小摆件。更何况我需要绝对安静的环境，来完成我那本关于寄居蟹的专著。"

"可是布拉德·庞奇，"女人渴慕地说道，"他在《秋之疝气》里演的李斯特真是太完美了。"

正当我抬手示意她们无须多言时，电话铃响了。一个听起来很适合推销削皮切菜专用不锈钢刀的声音吠入我的耳朵，"啊，你在家可太好了。我叫默里·英奇凯普。我是《划船变种人》的执行制片人。你们家想必是有天使守护，真是走大运了。哈尔·洛奇佩斯特决定了，他要用你们的房子——"

"我知道，"我没等他说完，"要来拍一场戏是吧？你从哪儿弄到了我的私人号码？"

"别激动，天路客[1]。"鼻音浓厚的声音接着说，"我不过是趁今天去你家考察的时候，翻了翻你抽屉里的资料。还有啊，那可不是随随便便的一场戏，而是一场重头戏，可以说是整部电影的点睛之笔。"

"对不起了，英奇老鼠[2]先生——"

"英奇凯普，不过没关系。老有人记错。我脾气好，从不和人计较。"

"我知道一个地方被剧组入侵以后会是什么下场，"我坚

1　天路客：原指最早来到美国的一批清教徒移民。
2　原文为 Inchworm，与"英奇凯普"发音相似，此处意译。——编者注

决地说道。

"大部分剧组都很粗野，这点我不否认，"英奇凯普说道，"但我们——我们规矩得就跟特拉普[1]修士一样。我们要是不说，你根本就不知道我们在你家拍戏。我不是说要让你勉为其难，我已经准备好花掉一大笔德拉克马[2]了。"

"没用的，"我坚持道，"你花多少钱都别想进驻这座男孩的圣殿。感谢你的挂念，再见[3]。"

"等一下，老家伙。"英奇凯普说着用一只手罩住电话听筒，这时我觉得电话另一头含混的声音就像在密谋如何绑架博比·弗兰克斯[4]。

我正准备拔掉墙上的电话插头，这时他的声音又突然出现了。

"哎呀呀，哈尔·洛奇佩斯特凑巧就在我边上，我刚和他随口聊了几句，他想知道你有没有兴趣在电影里出镜。我没法保证让你当主角，但给你安排一个有趣又有料的角色还是可以的，让你也在大屏幕上露露脸，算是给你的子孙留下一点东西。也许夫人也能一块儿出镜，如果你家钢琴上那张照片里的

---

[1] 特拉普派：以戒律森严著称的天主教派系。
[2] 德拉克马：希腊货币，2002年被欧元取代。
[3] 原文为意大利文。
[4] 指1924年发生在芝加哥的一起绑架案，当时就读于芝加哥大学的两名学生绑架并杀害了14岁的中学生博比·弗兰克斯。

人是她的话,只要稍微再磨磨皮就行。"

"出演电影?"我倒吸了一口气,感到心头一阵电流涌过,就像被医护人员抢救时通常会有的感觉。"我夫人腼腆得要命,但老实说,我倒是在大学和地方剧院里演过一些戏。我在《冰上的易卜生》一剧中饰演帕尔松·曼德斯[1]这个角色,演技就像滑冰一样丝滑,而我在《屈身求爱》里的演出至今仍有人念及。我饰演托尼·伦普金[2]时故意做出一系列面部抽搐的表情,曾让尤马市的观众笑到发狂。当然,我知道电影不同于舞台剧,表现方式上要收着点,让特写镜头发挥作用,可以这么说。"

"是的,是的,"执行制片人说道,"洛奇佩斯特对你很有信心。"

"但他都没见过我。"我质疑道,觉察出了一丝猫腻。

"所以说他是当世约翰·卡索维茨[3],"英奇凯普试图打消我的疑虑,"洛奇佩斯特行事全靠直觉。他在检查过你的衣柜后非常满意。一个衣品如此高雅的人,绝对适合谢泼德·格里茅金[4]这个角色。"

---

[1] 帕尔松·曼德斯:易卜生的剧作《群鬼》中的角色。
[2] 托尼·伦普金:奥利弗·戈德史密斯的剧作《屈身求爱》里的角色。
[3] 约翰·卡索维茨:美国导演、演员、制片人,注重演员的即兴发挥,避免导演过度介入。
[4] "格里茅金"(Grimalkin)有"老母猫""老刁妇"的意思。——编者注

"谁?格里茅金?"我激动地说道,"格里茅金是个怎样的角色?你能不能帮我把剧情梗概过一遍?告诉我一些要点就行。"

"这你得和导演聊。我只能说,基本情节就是《大白鲨》遇见《假面》。等一下——哈尔·洛奇佩斯特要来接电话。"我隐约听到洛奇佩斯特像是不太情愿参与我们的讨论,接着好像又听见英奇凯普提到了"待宰的羔羊"。接着一个新的声音说话了。

"我是哈尔·洛奇佩斯特,"电话那头的人大声说道,"我想默里和你解释过了,我们希望你在本片最重要的一幕中出镜。"

"你能和我说说有关格里茅金的事吗?比如他的身世和志向,这样我扮演时对人物就有数了。光是这个名字本身,就让人想到一个深邃的灵魂。"

"绝对如此,"洛奇佩斯特附和道,"格里茅金思维敏捷,是一位哲学家,但又富有幽默感;口才一流,且身手不凡。毫无疑问,女士们都为他痴狂。他是一个布鲁梅尔[1]式的人物,此外高超的医德和驾驶飞机的技术还让他赢得了大师级罪犯迪尔达里安教授的尊重。还有——"

---

1 乔治·布鲁梅尔:英国文化名人,纨绔主义穿衣风格代言人,引领了18世纪后期至19世纪英国的男装时尚。

这时洛奇佩斯特手中的电话似乎是被人夺了过去,默里·英奇凯普急切的声音再次响起。

"怎么样,我们可以签约了吗?能把你家作为主人公的住处吗?"

"主人公?"我脱口而出,不敢相信竟有这等好事突降,"我什么时候能拿到剧本?这样我就能开始背台词了。"

电话另一头沉默了片刻,气氛有些诡异。

"洛奇佩斯特拍戏不需要剧本,"英奇凯普解释道,"即兴发挥是他的独门绝技。这家伙喜欢从当下获得灵感,就像费里尼[1]。"

"我对即兴表演也并非完全陌生,"我尖声说,"有一次我在一出夏令剧目里演波洛涅斯[2],一群浣熊把我的假鼻子抢走了。我都不知道它们为什么要——"

"我听到哼歌的声音了。"英奇凯普打断我道,这时我听到电话另一头远远传来第三个人的声音:"默里,你点的印度烤鸡到了,我该给那人多少小费?"

"周二见,老家伙。他们带印度薄饼了吗?"这是电话"咔嗒"一声挂断前,我听见制片人说的最后一句话。

作为一位内心深处壮志未酬的演员,我一整个星期都泡

1　费德里科·费里尼:意大利著名导演。
2　波洛涅斯:《哈姆雷特》里的一个人物。

在马龙·白兰度的电影和斯坦尼斯拉夫斯基[1]的书中。遥想当年，我不禁感到悔恨：如果当初我听从自己内心的声音，没有匆匆就读于尸体防腐工艺学校，而是加入演员工作室[2]，我的人生将会多么不同。

到了约定的那一天，天还没亮，在没意识到电影剧组有多早开工的情况下，一阵猛烈的敲门声将我从六颗安眠药的效力中惊醒，那阵势仿佛是安妮·弗兰克[3]的藏身地被人发现了。我以为发生了地震或者沙林毒气事件，吓得赶紧从床上一跃而起，接着脚下一滑，滚下了楼梯。在打开门后，我发现屋外的街道已经被拖车和交通锥强占了。

"要开工啦，老爷子，我们赶时间呢。"一位助理导演火急火燎地告知我，紧接着一群由器械工、电工、木工、勤杂工等组成的暴徒全副武装，操着各种拆家工具冲进了我家。一眨眼的工夫，六辆卡车的拍摄装备已经被几个坏脾气的工会蛮牛搬进了我家。他们极富专业精神，对我家中任何价值超过三美元的家具都非常上心，只要有机会，总能磕坏、磕裂或磕碎它们。在摄影师（一个名叫疯荻斯·孟席斯的大胡子东欧人）的

---

1 康斯坦丁·斯坦尼斯拉夫斯基：俄国演员、导演、戏剧教育家、表演理论家。
2 演员工作室：位于纽约曼哈顿，为专业演员、戏剧导演和编剧服务的会员组织，以教授"方法派表演"闻名。
3 安妮·弗兰克：《安妮日记》的作者，曾藏身密室躲避纳粹的搜捕。

指挥下，他们先是往我那镶了红木的墙壁上钉钉子、挂上大灯，接着又突然把钉子全拔了，改钉到房间原装的顶角线上。这时默里·英奇凯普嚼着奶油芝士小蜗牛面包走了进来，手拿星巴克咖啡杯，牙买加卡布奇诺径直滴到了我们的奥布松地毯上。缓过神来后，我开始向他抗议。

"你说过不会损坏任何物品的。"我声嘶力竭地说，此时他们正拿着锤子敲天花板上的石膏，一盏蒂芙尼台灯被摔成了彩色碎片。

"来，和你的导演哈尔·洛奇佩斯特打个招呼。"英奇凯普并未理会我的抱怨。此时几个拿着摄影灯架的克罗马农人[1]把我那有着上百年历史的丝绸墙纸戳出了一个足以导致泰坦尼克号沉没的大窟窿。

出于对艺术的热爱，我强忍住晕厥的冲动，拦下洛奇佩斯特，表达了我对于表演的一些想法。

"我冒昧地给格里茅金编了一段小小的背景故事，"我用长笛般优美的声音说道，"相当于他的身世由来，这样人物形象就饱满了。故事要从他的童年说起，他的父亲是一个走街串巷卖十字面包的小贩。后来——"

"是的，是的，小心摄影车的滑轨，"洛奇佩斯特话音未落，扛着滑轨的器械工已经打碎了一个花瓶，"真不走运，"

---

[1] 克罗马农人：智人中的一支，生存于旧石器时代晚期。

他抱歉地叹了口气,"和我说说,这个被毁得面目全非的小玩意儿——是唐代还是宋代的?"

到了上午十点,在洛奇佩斯特和他那显然患有精神病的布景师的灵感爆发下,我们的房子已经从上东区的联排别墅摇身变为了一家摩尔式妓院。家具被胡乱堆在了马路旁,尽管此时已经开始下起大雨。在我们的起居室那头,几位扮演天堂女神的临时演员正妩媚地靠在枕头上。根据我的推断,安布罗西娅·维尔贝斯扮演的是一位被绑架的女继承人,她正被迫满足一位道德败坏的苏丹的古怪兴致,而那位苏丹其实是她的营养师假扮的,他们后来在一架航天飞船上结了婚。只有像洛奇佩斯特这样的天才,才能在神灵启示下,明白这场愈演愈烈的噩梦为什么非要安排在我家拍摄。对我妻子来说,为了见到布拉德·庞奇,这场灭顶之灾不过是微不足道的代价。他凑近她耳边说了些什么,她回复道:"不,它们是真的。"

到了下午三点,尽管特效人员已经在我们的书房放了一把小火,烧毁了我收藏的格里尔帕策[1]签名剧作和雷东[2]的粉笔画,而我的戏份仍未开拍,但大家似乎都对已经完成的拍摄素材非常兴奋。我无意中听到,剧组为了避免支付加班费将在六点收工,这让我开始有些着急了。我向助理导演表达了我的焦

---

[1] 弗朗茨·格里尔帕策:奥地利剧作家。
[2] 奥迪隆·雷东:法国画家。

虑,他向我保证,这么重要的角色肯定不会被漏掉。果然,快到六点时,我被人从地下室传唤上去。对了,我是被安布罗西娅·维尔贝斯驱逐到地下室的,当时她硬说是我的假发分散了她的注意力,一气之下把我赶走了。

"现在我们马上要开拍了,为了把格里茅金演好,"我对做场记的小姑娘说道,"还有一些细节是我必须知道的。这样我一会儿临场发挥时,肯定每一句台词都是金句。"

我还没来得及细说,几个无礼的奴才一把抓起我的后衣领和后裆将我平摆到地上,我一边尖叫一边脸朝下地被按倒在地,与此同时,一个女人开始往我的右侧太阳穴上涂抹深红色的液体。接着,一把廉价小手枪被摆在距离我指尖不远处,看着就像是从我手中滑落的。他们告诉我,导演一喊"开拍",我就不能动了,也不能呼吸,这比我想的更难一些,因为我突然有打嗝的强烈冲动。我以为影片不是按照正常顺序拍的,而是先拍我的尸体被人发现的场景,然后再展开倒叙,但当导演喊"停"的时候,灯光立马全部熄灭,门"啪"的一下被人推开,工作人员全都操起家伙往外跑去。

"你和女佣自己把房间收拾一下吧,"英奇凯普漫不经心地戴上粗呢帽说道,"我觉得你是一个完美主义者,喜欢一切井井有条。"

"可——可是我的角色——格里茅金——整个故事的关键——"我嘟囔道。

"确实是关键,"洛奇佩斯特打断我,同时示意器械组不要浪费宝贵的时间把我的家具搬回屋内,"大家发现他的尸体时都很震惊。为什么谢泼德·格里茅金这样一个富有魅力的博学之士要结束自己的生命?到底为什么?在接下来的电影情节中,他们都在寻找答案。"

这位"创意组织后卫"和影片导演一起,如一阵青烟般消失了,留下我眼睁睁望着支离破碎的收藏品。我在想,为什么一个敏感的人会莫名自戕?但我必须说,我确实想到了一个原因。

Story 02

✂ ~~~~~~~~~~~~~~~~~~~~~~~~~~~

奶牛也疯狂

> 据疾控中心发布的一篇文章,美国每年约有二十人被奶牛夺去性命。报告同时指出,其中十六起事件中的奶牛"被认为是蓄意袭击了受害者"。受害者皆死于头部或胸部重伤,仅一人例外:该人在被奶牛撞倒时,误将口袋里奶牛专用针筒中的抗生素注射进了自己体内。至少在一起事件中,奶牛是从背后袭击了受害者。
>
> ——《纽约时报》

如果我在讲述上周发生的事件时,听起来语无伦次甚至歇斯底里,还请不要见怪。我通常都很冷静。事实上,我即将讲述的故事,其中的细节非常令人不安,尤其这事还发生在一个风景如画的地方。不得不说,巴德尼克一家位于新泽西的农场可与康斯特布尔[1]描绘的任何田园风光相媲美——即便面积没那么大,但那种田园牧歌般的宁静感是绝不逊色的。西·巴德尼克最新上演的音乐剧《食肉病毒》在百老汇一票难求,而

---

[1] 约翰·康斯特布尔:英国风景画家。

这里距那儿仅两小时车程。正是在这儿，在起伏的丘陵和青翠的草地间，这位著名的作词家得以放松身心，并重新唤醒自己的创作灵感。每到周末便热心于农场事务的巴德尼克，和他的妻子旺达一起在此种玉米、胡萝卜、西红柿以及其他适合业余种植的庄稼。家里的几个孩子则负责照料十几只鸡、两匹马、一只小羊羔，以及在下。要说我在这里的日子有如身处世外桃源，是毫不夸张的。我能吃草、反刍，把反刍过的食物再反刍，与大自然和谐共处，并让旺达·巴德尼克那双抹了科颜氏保湿霜的玉手温柔且按时地为我挤奶。

我尤其享受巴德尼克一家邀请客人共度的那些周末。对我这样一个智力被低估了的动物来说，能接近纽约的那些风流人物实在是一大幸事：我可以偷听演员、记者、画家、音乐家们彼此交流思想和趣事，家禽们可能会跟不上他们的对话，但没有人比我更懂欣赏安娜·温图尔[1]讲述的绝妙故事，或史蒂芬·桑德海姆[2]最新创作的歌曲，尤其是当史蒂夫本人演奏时。因此，当上周的顶级嘉宾名单里出现了一位名作傍身的电影编剧兼导演时，尽管我对他的电影并不熟悉，但我仍对即将到来的光芒万丈的劳动节充满了美好期待。当我听说这位独具一格的导演有时也会主演自己的电影，我想到的是一位如同奥

1　安娜·温图尔：美国版《时尚》杂志主编。
2　史蒂芬·桑德海姆：美国作曲家、作词家。下文的"史蒂夫"是史蒂芬的昵称。

逊·威尔斯[1]般威猛，且像沃伦·比蒂[2]和约翰·卡索维茨般英俊的电影制作人兼大明星。等我最终见到这个传说中编导演三项全能的男人，却发现他既非气质深沉的邪典怪才，也不是英俊潇洒的偶像派，而是一个蠕虫般的小瘪三，一个戴着黑框眼镜的四眼鬼，打扮得土气熏天，还自以为是"乡村风"：一身粗花呢，戴着帽子和长围巾，活像个爱尔兰矮妖——你们可以想象我有多诧异。我发现那家伙从一开始就不好伺候，他向所有人抱怨，说他的司机在一条路上来回兜圈子，白花了他许多过路费和油钱，还说这里的霉菌孢子给他脆弱的扁桃体带来了无妄之灾。最后我听见他要求在床垫下加铺一块木板，因为他觉得床垫太软了，无法抚慰他那显然骨质疏松的脊柱。据巴德尼克先生回忆，大卫·马麦特[3]有一次提到，他在知道自己将和那家伙同乘一班飞机后立马换了航班。我还要补充一下，那人永无休止的吹毛求疵伴随着卡祖笛般的鼻音，他那没完没了的笑话同样如此：企图用一长串灾难性的连珠炮哗众取宠，却让在场的人全陷入了如临灵堂般的静默。

午餐在草坪上吃，我们这位朋友，靠着格兰菲迪[4]先生壮

---

1 奥逊·威尔斯：美国电影导演、编剧和演员，代表作《公民凯恩》。
2 沃伦·比蒂：美国演员、导演、编剧和制片人，情史丰富，被称作好莱坞浪子。
3 大卫·马麦特：美国剧作家。
4 格兰菲迪：威士忌品牌。

胆，带头谈起自己根本一窍不通的话题。他先是引用错了拉罗什富科[1]的话，接着搞混了舒伯特和舒曼，还把"人活着不是单靠食物"说成是莎士比亚的话——就连我都知道这句话出自《圣经·申命记》。被人纠正后，他恼羞成怒，说要通过和女主人掰手腕来给自己正名。午餐吃到一半，这个烦人精先是敲杯子引人注意，后来还试图在不打翻桌上瓷器的情况下扯出桌布。不用说，这又是一场惨剧，至少彻底毁了一件J.芒代尔牌连衣裙，并把一颗烤土豆弹射进了一位棕发贵妇的乳沟。午餐过后，我看到他在玩槌球时偷偷用脚碰球，还以为没人注意到。

随着单一麦芽威士忌的酒劲上来，他开始疯狂抨击纽约的评论家们，说他们没能给他最新的电影《路易斯·巴斯德[2]遇见狼人》应得的赞誉。接着他又打量起了漂亮姑娘，并用小爪子紧握某位女演员的手，耳语道："小妖精，看你这高颧骨，应该是有切罗基[3]血统。"她表现得非常得体，抑制住了伸手抓着他的鼻子逆时针猛转几圈让它咔咔响的冲动。

正是这时，我下定决心要把他干掉。毕竟像这样一个愚蠢自大、故作可爱到让人想吐的小肛门栓，死了也不会有人惦记吧？起初我想的是把这个四眼田鸡踩死，但我觉得这事如果

---

1 弗朗索瓦·德·拉罗什富科：法国古典作家。
2 路易斯·巴斯德：法国微生物学家、化学家，研发了狂犬病疫苗。
3 切罗基：北美印第安人的一支。

要办得漂亮，我还得再叫两百个兄弟才能好好把他踩个稀巴烂。附近没有悬崖，不然我可以屁股轻轻一扭，就让这个无赖摔得粉身碎骨。我突然想到，之前他们提到过一场漫步大自然的活动，所有人都踊跃报名了——所有人，当然不包括某个胆小的侏儒，此人就像舞台剧女演员上身一样，因为担心在森林里遇见莱姆蜱虫和毒橡树而喋喋不休。他选择待在房间里打电话，跟进他新片的票房收入——而《视相》杂志已宣称该片吸引力有限，建议挪到海底废墟亚特兰蒂斯放映。我的计划是，进屋偷偷从背后靠近他，拿腰带勒死这个爱抱怨的小毒瘤。案发时无人在场，警方会以为是流浪汉下的手。我还想到，可以在现场留下勤杂工德罗金的指纹，栽赃给他。这家伙有一次给巴德尼克家送了一张图，上面展示的身体轮廓和我的很像，还标记了哪里的肉切下来最好吃。

下午四点，我去谷仓前的空地转了转，确保自己能被那群鸡看见。我沿着马厩慢慢走，把自己脖子上的铃铛弄得叮当响，进一步制造不在场证明。接着我装作漫不经心地走到屋后。门都上了锁，因此我不得不从窗户爬进去，导致窗边摆着一对蒂芙尼台灯的桌子惨遭破坏。我踮着蹄尖，蹑手蹑脚地爬上楼梯，差点儿被拿着刚洗好的毛巾从过道走来的女佣宝西缇撞个正着，幸好我及时在走廊墙边的阴影处蹲下，她径直走过，我躲过一劫。我悄无声息地溜进目标受害者的房间，等着他从厨房回来。此时他正在搜刮冰箱里的剩菜。他一个人在厨房给自己鼓捣了一个价值不菲的鲟鱼子酱三明治，狂舀了一大勺奶油芝士涂在贝果上，然后才往楼上走。我躲在离他的床最近的衣柜里，沉浸在存在主义的焦虑之中。如果拉斯柯尔尼科夫[1]也是一头牛，比如一头荷兰奶牛，或者得克萨斯长角牛，故事的结局会不会有所不同呢？就在这时，他突然走进房间，一手拿着吃的，一手拿着一杯年份波特酒。我尽可能小心翼翼地用鼻子拱开衣柜门，然后悄悄站到他身后，手上还紧握着一根腰带——这对一个没有对生拇指的动物来说绝非易事。我慢慢举起腰带，准备以迅雷不及掩耳之势缠住他的喉咙，把这个流着口水的四眼侏儒活活勒死。

人算不如天算，就在这时我的尾巴突然被柜门夹住了，我哼地大叫一声。只见他猛转过身，那珠子般飞窜的小眼睛惊恐万分，和我的褐色双眸目光交汇了。见我后腿着地，正准备对他下毒手，他立马发出一声女高音般的尖叫——很像巴德尼克家那张迪卡唱片发行的歌剧大碟《齐格弗里德》里，琼·萨瑟兰[2]女爵士唱出的某个高音。这一叫惊动了楼下因为下雨而提前返回的众人。惊慌之下，我往卧室门口狂奔而去，并试图在逃跑时把那个惊魂未定的小王八蛋推出窗户。与此同时，他拿出了一瓶随身携带的防身喷雾——考虑到他树敌众

---

[1] 拉斯柯尔尼科夫：小说《罪与罚》的主人公，曾谋杀了一个放高利贷的老太婆及其妹妹，后因无法摆脱内心负罪感而投案自首，被判流放西伯利亚。
[2] 琼·萨瑟兰：澳大利亚女高音歌唱家。

多，对此我并不奇怪。他本想往我脸上喷，但这个不中用的废物把喷雾拿反了，结果把自己的死人脸浇了个透。此时巴德尼克一家正往楼上赶来，好在我机智过人，抓起床边的一个灯罩，猛地套在了自己头上。当他们把那个哭哭啼啼的脓包搬出门外、抬进SUV汽车往最近的医院驶去时，我始终站着一动不动。

谷仓一带事后传说，此人一路上语无伦次地鬼叫个没完，到了贝尔维尤医院[1]后，住了两晚都没能恢复神志。我知道巴德尼克一家已经把他的联络方式从黑莓手机上删除，并将他的电话号码浇上汽油火化了。毕竟他不只是一个社交圈的败类，更是一个胡言乱语的偏执狂，整天念叨着曾有一头赫里福德牛试图谋杀他。

1　贝尔维尤医院：美国最古老的公立医院，历史上以治疗精神病闻名，现已成为精神病院的代名词。

Story 03

公园大道,高层,急卖——
卖不出去得跳楼

"我想到了一个完美的计划,"当我的生命之光提着大大小小的爱马仕购物袋走进家门时,我激动地说道。她的几张信用卡因为频繁摩擦,现在还冒着热气。"我们打车到布鲁克林,去彼得·卢格牛排馆奖励自己一顿雪花牛肉,怎么样?他们家的西冷牛排鲜嫩多汁,我已经馋了一整天了,更别说再配上西红柿、洋葱和薯饼。如果威廉斯堡大桥堵车了,我们可以下车跑过去。"

"控制一下你的肾上腺素,"我不朽的爱人搪塞道,给我踩下了刹车,"我在市中心的生鲜超市买了一对鳐鱼翅。我觉得可以加点新鲜的酸豆进去炖个浓汤,再把我们在易趣网上买的那瓶爱斯基摩葡萄酒开了。"在钦定此事后,她开始夸夸其谈,根据一个古老的家传秘方用语言烹制出一桌大餐,其中包括一款酷似胶水的酱汁。

"别傻站着啊,"家里的女主人对我嚷道,仿佛我是帕里斯岛[1]的新兵,"把我买的鱼拿出来,我来除味。"在意识到一

---

1 帕里斯岛:位于美国南卡罗来纳州南部罗亚尔港海湾内,自1915年起一直是美国海军陆战队的新兵站。

块厚切西冷牛排及其配菜注定要升华为一首有关求而不得的辛酸俳句后，我开始拆开夫人买的用《每日新闻》包裹着、长得像蝙蝠的主菜。正是在这几张报纸上，我像尼俄伯[1]般正流泪不止的眼睛看到了一篇令我格外感兴趣的报道。

报上说迈克·泰森正在出售他的豪宅，而那家伙的府邸说是人间仙境也不为过。它拥有十八间客房，我想就算两支棒球队突然到访也能被安排得妥妥当当——以及三十八个卫生间，显然泰森不喜欢边捶门边大喊："你到底还出不出来了？"此外它还带了七间厨房、一座瀑布、一个船库、一间迪斯科舞厅、一个巨大的健身房以及一座大剧院。房子最初的报价是两千一百万美元，结果活生生被砍到了四百万，我觉得要么买家是一个功力深厚的催眠师，要么就是这房子有什么硬伤，比如缺少一个导弹发射井。

这篇报道让我想起自己多年前经历的一桩与房产交易有关的小惨剧。尽管并未达到如此惨绝人寰的地步，但也曾让我的血压一度飙升到足以触发自动灭火系统的程度。

此事说来话长，围绕着我们的合作社[2]公寓展开。因为我

---

[1] 尼俄伯：古希腊神话人物，因为曾在女神面前自夸，她的十四个孩子皆被杀死。她悲伤不已，后化为喷泉，喷泉中涌出的全是她的泪水。
[2] 合作社（co-op）是纽约一种类似公寓的住房单位，大楼的所有权归合作社公司所有，买家购买合作社公寓获得的是该公司的股份或股票证书，以及允许买家占用特定单位的专有租赁权。合作社设有董事会，合作公寓里的住客都被视为股东，可对大楼的运营发表意见。

夫人看上了一栋联排别墅,其最新装修完美吻合了她钟爱的西班牙宗教裁判所风格,她决定把我们的公寓挂牌出售。于是她,我的小闪电泡芙,在运用了包含普朗克常数在内的数学算式后推断,只要我们卖掉这套位于公园大道的经典六号[1]公寓,再耍些手段,便可以使这次换房行动接近收支平衡。

"房产中介灰鲭鲨小姐和大白鲨太太说我们家能卖好大一笔钱。"夫人颤抖地说道。"那栋别墅要价八百万。如果我们不吃不喝,断掉医疗保险,再把为孩子们上大学存的教育基金取出来,也许能凑够首付。"见她的双眼有如救世主马赫迪般射着金光,我握拨火棍的手攥得更紧了。她显然已铁了心要搬家,就像希特勒站在波兰地图前摩拳擦掌时那样,她连哄带骗,直到我同意将我们宽敞的高层爱巢卖给任何一个手头有一千万闲钱的人。

"听好了,"我正告那两位中介女妖,"不先卖掉旧房,我就绝不会考虑买新房。"

"那是自然,伊格纳兹。"背鳍更大的那位一边说,一边用史丹利牌锉刀锉她的第三排牙齿。

"我不叫伊格纳兹。"我没好气地回道,对她的自来熟感到火大。

---

[1] 经典六号:一种公寓户型,通常包含一间餐厅、一间客厅、一间厨房、两间卧室、两间浴室、一个门厅和女仆房。——编者注

"不好意思，"她说，"我看你长得就像个伊格纳兹。"她朝同伙咧嘴一笑，接着说，"你家就标价四百万吧。后面想降总是可以的。"

"四百万？"我尖声叫道，"我家怎么也值八百万。"灰鲭鲨用法医般狡黠的目光打量了我一番。

"这种空手套白狼的事交给我们就行，"她说，"你只管继续玩你的魔方，不久你就能弄到足够的钱，无缝衔接地搬进你的新窝，还能剩点零钱把自来水通上。"

我做预算时没有考虑过翻新的费用，但显然老婆大人已经想好了新房的改造方案，且所有人都觉得这笔开销完全可以通过我去黑市卖肾解决。那栋联排别墅的中介，巴拉库德尼克太太，告诉我夫人，有好几个买家看上了那栋古色古香的别墅，随时可能出手，谨慎起见，我们最好先发制人。她建议的出价相当于一位沙特王子的零花钱。我决定硬碰硬，但几个星期过去了，没有一个潜在买家来看我们的房子，我夫人开始加大了抗焦虑药的剂量。

"我们最好把要价降一降，"夫人说，"灰鲭鲨小姐说，如果不这样漫天要价的话，我们的公寓会好出手很多。"

"四百万怎么能算漫天要价？我们十年前买的时候，整整花了两百万呢。"我解释道。

"两百万买蟾蜍宫[1]?"大白鲨太太一口饮尽我仅剩的那点金宾威士忌,说道,"你大麻抽多了吧?"在把要价降到三百万的那一刻,我仿佛在时隔多年以后,终于明白了开膛手杰克的作案动机。所幸总算有人来看房了:一对俄罗斯夫妇,他们以为我的报价是三百美元;还有一位在玲玲兄弟马戏团工作的马戏怪人,但我听说他不可能通过合作社公寓董事会的买家资质审核。与此同时,巴拉库德尼克太太说,近来对那栋别墅感兴趣的人数激增,一位名人意欲出价。

"你们要买的那栋房子刚有人出价,演员乔希·梅投瑙想要。坊间传闻,他正认真考虑要和珍妮弗·布高幸步入婚姻的殿堂。如果你诚心要买,"巴拉库德尼克太太残忍地笑道,"你就得出个价盖过他。"

"可我们的公寓还没出手呢,"我尖叫得像蝴蝶夫人。

"去办个过桥贷款,"这位中介脸上露出了浮士德熟悉的微笑,"我在贷款公司有熟人。在你卖掉那个大累赘之前,足够你渡过难关了。"

"大累赘?过桥贷款?我们的公寓要是能卖两百五十万就好了。"我卑微地说道。

"或者不亏本卖就行。"我的另一半说道。再说下去她可

---

[1] 蟾蜍宫:童话《柳林风声》中蟾蜍的宅邸,代指华丽舒适的住所。——编者注

能就要提议把我们家捐给市里作为产房,只要能抵税就行了。打砸抢贷款公司的高俄力稀先生有如传教士献祭般,拔出我胳膊上的针头,用酒精棉签擦了擦我的动脉。

"按一会儿,"他说,"不然会有血肿。我就抽了一点血——你可以分期还。"

"十九个点的利息是不是有点粗暴了?"我嘟囔道,"何况现在经济这么不景气。"

"嘿,新泽西的那帮吸血鬼可是要二十五个点,而且要是你还钱不利索,他们会一枪崩碎你的膝盖骨。我们只会没收你的抵押物。"考虑到我已经艰难地讨价还价过一番,并且坚决拒绝了抵押孩子去套现,我有理由为自己感到欣慰和骄傲。在签协议时,高俄力稀像饿狼般看着我,他看到的分明是一份穿着拉夫劳伦粗花呢大衣的羊排。

"我们现在有两个家了。"我向夫人嘟囔着,掏出了会计师专为我遇到这种情况而准备的毒药。

"我有信心,我们一定能卖掉那个火坑,"灰鲭鲨小姐安慰我道,"可能我们要再降一次价,没准要再搭上家具。"想到破产的情景,想到我们的退休生活可能要在纸箱里度过,我把报价一降再降。与此同时,爱挑毛病的家伙们纷纷前来检阅我家,把每块地板和每道踢脚线都视察一遍,然后便永远地消失在了这座不夜城的八百万个五花八门的故事里。接着有一天,我正向当铺打听我的心脏起搏器能抵押多少钱时,我们那两位食肉的房产中介带着一个年约五十、衣冠楚楚的人走进了家。此人叫内斯特·莱钱快，拥有迈克·托德[1]那样的进取精神，以及恺撒·罗摩洛[2]那样英俊的欧陆风情长相。他似乎对我们的公寓诚心感兴趣，带着几个建筑师和一个家装设计师来看了好几次。我听到他们几个聚在一起开会，计划着把墙拆了，加装几个卫生间、一个健身房和酒窖。他们时不时瞥我一眼，有一次我听到莱钱快悄声说："真是稀奇，有些人原来还能这样活着，真适合让玛格丽特·米德[3]来做研究。当然，在让我的人碰任何东西之前，我要先请人做一次全屋烟熏消毒。"尽管我用朱红之舌一舔便能让他们灰飞烟灭，但早日还债好过逞匹夫之勇，我决定不和他们计较。毕竟莱钱快有钱，是一位卓越的银行家，有着无可挑剔的资质。简言之，他是一位理想的业主，尽管我们的合作社董事会在筛选潜在业主时，并不比门格勒[4]医生心慈手软，但他们绝对挑不出莱钱快的毛病。我甚至怀疑他可能是骷髅会[5]的成员，就和董事会的新任主席L.L.豆包先生一样。而董事会的其他成员基本都是

---

1 即迈克尔·托德，好莱坞制片人。
2 恺撒·罗摩洛：美国演员，拥有西班牙血统。
3 玛格丽特·米德：美国人类学家，以研究原始部落闻名。
4 约瑟夫·门格勒：德国纳粹党卫队军官、奥斯威辛集中营的医生，曾负责筛选运往集中营的囚犯。
5 骷髅会：耶鲁大学的秘密学生社团，成立于1832年，每年只吸纳十五名在校生新会员。

一本正经的詹姆斯二世党人，面对莱钱快大方自信的魅力，他们绝无抵挡之力。住在 10A 的西尼罗太太、拥有顶层公寓的阿提拉·韦恩纳里勃，以及美洲原住民住户萨姆·掩护马，都会欢迎像莱钱快这样的邻居。莱钱快的金融资产配置包含了大量的蓝筹股，他的正式推荐人包括比尔·盖茨和科菲·安南。要是灰鲭鲨和大白鲨更有眼色的话，我想她们在读到这样一封推荐信时就该反应过来了："内斯特·莱钱快这家伙挺靠谱，不酗酒，不吹牛，不乱搞男女关系——雷茵霍尔德·尼布尔[1]签字推荐。"但可惜，对高额佣金的渴望冲昏了她们的头脑。后来，我听说了在哈维·内克塔尔的公寓里举行的那次业主面试，虽不免有夸张成分，但属实非同凡响。起初还都挺顺利的，莱钱快明白公寓里不能养宠物，发誓不会举办扰民的派对，说自己喜欢清心寡欲的生活，还聘请了一位叫"水肿"的清洁女工。哈佛毕业的 5D 房间业主赫尔曼·博瑞里斯故作严肃地拿耶鲁和莱钱快开玩笑，结果发现他俩刚好都穿齐默利牌的内衣。就在面试即将完美收官时，走廊突然传来了一阵喧哗。

"快开门，我们是联邦调查局的！"门外人在大喊，大门的铰链被撞锤击落。莱钱快在看到一大群联邦探员破门而入时一下愣住了。"他在那儿！别让他跑了！"一位身穿防弹服的

1　雷茵霍尔德·尼布尔：美国神学家。

探员吼道。"要当心,这可是个武装抢劫犯。"只见莱钱快飞身越过钢琴,与萨姆·掩护马撞了个满怀,把那位阿拉帕霍人[1]的头饰都给撞掉了。且不论真假,据说在追捕过程中枪声大作,其中有几颗流弹射进了哈维·内克塔尔为妻子贝雅所作的模仿天后赫拉的肖像画中。直到六个月后,我才把公寓卖给了信奉教友派的一家人,售价刚够付我那笔过桥贷款的利息——好多次,我都想从那座桥上跳下去。

1　阿拉帕霍人:北美印第安人的一支。

Story 04

与布法罗鸡翅
共度今宵

听到欧内斯特·哈蒙·希克斯[1]这个名字，能反应过来的人很少，但在20世纪20年代，他在老《论坛报》上每周连载的奇闻逸事专栏，可与伟大的罗伯特·里普利[2]平分秋色。你说这事怪不怪，希克斯日常会献上诸如"路易十四七十岁以前没洗过澡"这样必不可少的珍品以飨读者，而里普利的《信不信由你》系列则会用类似"一枚冰雹裹着一条鲤鱼空降得克萨斯"的佳作增进我们对宇宙的认识。两人你来我往，靠挖掘各种怪事名利双收，如果他们活到今天，恐怕只有《赫芬顿邮报》上偶尔出现的奇葩新闻能与其一较高下。有一次，我在一家百老汇大道的餐厅，等待着主厨把烘肉卷里的各种味道都去除干净再端上桌时，我在自己的苹果手机上就读到了这样一篇奇文，标题是《全鸡乐队一鸣惊人》。那篇文章讲述了一个全部由鸡组成的乐队，名叫"鸡星高照"，这群长着羽毛的弄潮儿通过啄琴键来演奏。鸡舍的主人告诉记者，他这么做是想给他的鸡儿们找点乐子。"养鸡的人总会找些娱乐活动，"他解

---

[1] 欧内斯特·哈蒙·希克斯：美国漫画家。其弟约翰·希克斯在1928年开始创作《你说这事怪不怪》系列漫画，约翰死后改由欧内斯特接手。
[2] 罗伯特·里普利：美国漫画家，以创作《信不信由你》系列漫画而闻名。

释道,"来给鸡儿们解解闷,尤其是在冬天。"想到满院子的鸡儿晃来荡去,徒劳地抵御着古老的空虚,我深感震撼。就在这时,我想到了哈维·格罗斯魏纳讲过的一个故事,在此我决定闪到一边,让他自己把这个故事原原本本地讲出来。

今天接到一个电话,是我在联合寄生公司的经纪人托比·芒特打来的,他告知我没能得到和凯特·布兰切特在《帕尔马藏尸院》[1]一片中演对手戏的机会,并试图赞美我的才华来让我好过一些。"这和你口齿不清绝对没有关系,"芒特向我保证道,"不过,作为你的经纪人,听到他们把你比作傻大猫[2]还是让我气不打一处来。好消息是英国导演罗亚尔·沃特尔斯喜欢你的长相,只要他能偷窃到足够的资金翻拍《五指杀人狂》[3],他衷心希望你的拇指能出演。总之我先挂了,伙计。我要去戴维·格芬斯家。他在改装衣帽间,想知道我要不要埃尔·格列柯[4]的画,如果不要他就都扔了。再见。"说完他就挂断了电话,留我自己去计算,一个像我这样身高体重的人,如果只靠膨化芝士条和自来水活着,多少天后会从地球上

---

1 此处影射了司汤达的小说《帕尔马修道院》。——编者注
2 傻大猫:又译"西尔维特斯猫",华纳动画中的经典角色,总想吃掉崔迪鸟却以失败告终。
3 《五指杀人狂》:也译作《杯弓蛇影》,是一部1946年上映的美国悬疑恐怖片。
4 埃尔·格列柯:西班牙文艺复兴时期画家、雕塑家、建筑家。

消失。

敬业的演员总是命途多舛,虽然我上个月在《万尼亚舅舅》一剧中饰演的"华夫饼"[1]一角备受《雪茄迷》杂志的好评,但依旧门前冷落、无人问津。当然,许多年前我决定追寻艺术,而非在父亲的灭蟑螂卡车上找一个闲职混日子时,我就已明白,依赖试镜过活的人生大概率会营养不良。正因如此,几周后当电话铃声再次响起,在听到经纪人芒特一向如丧考妣的声音中竟流露出满满的乐观时,我瞬间心跳加速。

"总算有好消息了。"电话那头传来他欢快的鸟叫声。

"该不会是斯皮尔伯格那事成了吧?"我交叉着十指猜测。

"不是,史蒂文还是决定休息一年,出国给以色列议会做顾问。"他说。

"那是啥?难道是德莫特·克拉奇利那部关于阴垢的音乐剧审批通过了?"

"不,不,都不是。就是某个做买卖的人打电话来,说要为某特别项目物色一个多才多艺的人,要像休·杰克曼那样,不过要更英俊、更有魅力。"

"什么样的项目?"我问,"电影?舞台剧?电视剧就算

---

[1] 《万尼亚舅舅》里的捷列金因长了一脸麻子,绰号"华夫饼",也有中译本将其译作"麻糕"。

了,我不想被绑定太久。不过,如果是 HBO 那部讲爱因斯坦与贝西乐队[1]共度一年的迷你剧,就另当别论。"

"我还不清楚具体是什么情况,"芒特说,"老实说,我还没来得及和他当面谈论这些细节。我记得他提到了和鸡有关的一些事。"

"鸡?"我问道。

"我现在没法细聊。我约了梅丽尔[2]吃午饭,要迟到了。她对于饰演阿拉法特[3]的提议很感兴趣。先不说了,伙计,你去和对方见一面,细节就都清楚了。"

第二天早上,尽管我的左肩胛骨隐约有些僵硬——以往这是我要开始精神崩溃的征兆——我仍沿着罗迪欧大道开了整整三小时的车前往一家养鸡场。鸡场主人阿尔·卡蓬[4]是一位鸡蛋小亨,他的身家随着每一项关于胆固醇利弊的新研究而起伏。他向我伸出一只胖乎乎的小手,并朝我猛喷了一口来自宾丽雪茄的二手烟。

"这么说,你就是格罗斯魏纳了。"他打量着我说道。

"我想应该就是了。"我友好地回喷道,试图多少融化一

---

1 即贝西伯爵乐团,由美国黑人音乐家威廉·詹姆斯·"伯爵"·贝西于 1935 年成立的爵士乐队。
2 指梅丽尔·斯特里普,美国女演员,多次获得奥斯卡影后桂冠。——编者注
3 亚西尔·阿拉法特:巴勒斯坦前总统。
4 原文为 Al Capon,影射了美国一位著名黑手党成员 Al Capone。——编者注

点他那冷若冰霜的嘴脸,但我的佳句似乎就像一颗飞毛腿导弹,直接从他头顶上方飞过了。

"我是不是在电视广告上见过你,卖胡萝卜切丝机那个?"他询问道,开始对我展开有如沙俄警察审讯十二月党人那样的审问。

"我毕生致力于各类悲喜剧表演,"我狂热地说道,意识到他在和我玩心理战,试图通过假装不了解我过往的成就,让自己在谈判时占据上风,"作为一名演技精湛的演员,我演过莎士比亚和古希腊戏剧,当然还有品特[1]的作品,不过我也学过扮黑人表演滑稽剧。大家都说我唱歌音准不错,虽然我不是阿斯泰尔[2],但我的踢踏舞也跳得相当出彩。我在演员工作室学习过,另外,为了交房租,我也主持过一些犹太成人礼。除此之外,我一个人就能上演一出诺埃尔·科沃德[3]深夜秀。"

"我这儿都是鸡,"他说,"你和鸡相处得怎么样?"

"鸡……哦,是的,我的经纪人托比·芒特提到过有鸡这么一回事。不过他不太确定到底是什么情况。"

"我需要有人给我的鸡找点乐子。"卡蓬说道。

"啊哈,"我点点头,"你说的找点乐子,是指?"

"是这样,一般人并不了解,其实鸡很容易无聊,尤其是

---

[1] 哈罗德·品特:英国剧作家。
[2] 弗雷德·阿斯泰尔:美国舞蹈家、演员。
[3] 诺埃尔·科沃德:英国演员、剧作家、作曲家,以多才多艺闻名。

在冬天那几个月。"

"这……这我倒确实不知道。"我结巴了。

"鸡需要娱乐活动,不然它们就不下蛋,而我正是因为这些蛋才开上了兰博基尼。总而言之,我需要让它们保持良好的兴致,这样这些宝贵的鸡蛋才能源源不断地产出。这活儿一星期给你五百美元,就问你这个蠢货干还是不干?"

在经典黑色电影《玉面情魔》里,斯坦顿·卡莱尔最终沦为一个以生吃活鸡为绝技的马戏团怪胎。我倒不是说我的卖身经历也这么惨无人道,但第二天,在说服自己这并不像我的第一份工作,即为木偶戏版《煮豌豆时经过的六个人》[1]担任配音那样丢人后,我带着几件道具驱车前往了养鸡场。在那里,我迎来了自己那群无秩序的观众:一群百无聊赖的公鸡和母鸡,想必就是它们要找点乐子。怀安多特鸡、来亨鸡、罗得岛红鸡、新泽西大黑鸡们漫无目的地晃荡着,试图应对生活的沉闷。我脱下草帽,先以一曲《欢乐今宵》的插曲《开心露笑脸》开场,接着很自然地通过欢快的步态舞过渡到《在佐治亚的一次野营布道会上》的旋律。当我发现这段音乐串烧没能振奋起鸡儿们的精神时,我改变了曲风,换上一首百试百灵的催泪歌曲:阿尔·乔尔森[2]的《宝贝桑尼》。我把一只小公鸡抱

---

1 《煮豌豆时经过的六个人》:首演于1915年的美国舞台剧。——编者注
2 阿尔·乔尔森:美国歌手、喜剧演员。

在大腿上轻轻抚摸着，假装它就是歌里唱到的那个宝贝男孩。不幸的是，那只小鸡由于过度紧张，不断拍打翅膀、大声叫嚷，一点儿都不配合，把气氛全搞砸了。感觉到这群观众兴致萎靡，我赶紧表演了几个精彩的纸牌戏法，接着又使出了霍华德·瑟斯顿[1]在巴尔的摩的竞技场剧院上演过的闻名天下的悬浮术。然而，这些招数似乎都无法打动冷漠的鸡儿陪审团。当我模仿彼得·洛[2]朗诵刘易斯·卡罗尔那首名为《胡言乱语》[3]的诗，而台下观众仍没有反应时，我不禁恼羞成怒，抛出了几句和烤鸡有关的狠话。我和我那说意第绪语[4]的腹语人偶"伊卓克"你来我往地讲了几回合的俏皮话，一样石沉大海，但在人偶的头转了个圈时，我真觉得有几只小母鸡吓了一跳。此时我已急得满头大汗，于是当庭恳请几只洛克鸡再给我最后一次机会，准许我用特雷门琴演奏一曲爵士经典《切罗基》，但同样徒劳无功。就在万念俱灰之际，我突然想起一篇文章，说一个深谋远虑之人曾通过教鸡儿演奏音乐来鼓舞它们，于是我想是不是也能以类似的方式扭转局势。也许乐理与和声超出了我的辅导范围，但戏剧创作我可是轻车熟路。如果鸡儿们能学会

---

1 霍华德·瑟斯顿：美国魔术大师，以纸牌戏法和悬浮魔术闻名。
2 彼得·洛：斯洛伐克演员，经常出演杀手和反派。
3 《胡言乱语》：英国作家刘易斯·卡罗尔的小说《爱丽丝镜中奇遇记》第一章中收录的一首诗。
4 意第绪语：犹太人使用的语言。——编者注

在琴键上演奏，它们当然也能学会啄打字机。第二天，我把自己的便携式打字机带到了养鸡场，在主键上放了几颗玉米粒后，鸡儿们很快开始像赶稿的记者那样，一页接一页地在打字纸上疯狂输出。一开始自然都是些胡言乱语，但几天过后，随着鸡儿们逐渐掌握了要领，我发现它们对于情节和人物塑造也愈加重视，《百老汇鸡舍》便由此诞生。后来的事你们都知道了：和华纳公司签约，收获四座金球奖，而我本人也因为饰演弃医从蛋的脑外科医生贾斯珀·威姆斯而拿下了奥斯卡奖。我听说，现在这群长羽毛的大师正在创作续集，是一部歌舞片，并且是和另一个鸡舍的鸡儿们合作，据说，那些鸡儿在琴键上谱写出了不起的乐谱。可惜里普利或希克斯没能活着见证它们啄出的成就。

Story 05

真正的天神化身
请起立

我相信天神下凡化身成人，降临到这颗蓝色星球的事时有发生，但我强烈怀疑，是否有人曾像沃伦·比蒂那样，潇洒自信地驾驶一辆福特雷鸟在罗迪欧大道兜风。在读彼得·比斯金新出的传记《大明星》[1]时，你很难不被这位演员的惊人成就所震撼。想想围绕这个四项全能的男人产生的那些电影、票房、影评、奥斯卡奖以及无数奖项提名，他既博览群书，又是个营销能手；既擅长钢琴演奏，又通晓政治权谋。作为一名全职美男子，他积累了来自多方的赞誉，他们相信他不该只在银幕上称霸一方，更该入主白宫统领一国。比起他在好莱坞那足以让奥逊·威尔斯都自愧不如的履历，更让人惊叹的是这位大明星在床上传奇般的丰功伟绩。比斯金的书中记载了数不胜数的风流韵事，涵盖了生活中所有不同身份、特质和地位的女人，从女演员到女模特，从女服务生到第一夫人，无穷无尽的各色佳人似乎都巴不得和这位床上大师共赴床笫。"要问他一共睡过多少个女人？"传记作者写道，"不如数一数天上的星

---

[1] 《大明星》：美国文化评论家、电影史学家彼得·比斯金为沃伦·比蒂所作的传记，出版于 2010 年。

星来得容易……比蒂曾说过，他晚上不做爱就无法入睡。这是他每天必须做的事，就和用牙线剔牙一样……考虑到他和同一个女人相处的时间，我们可以得出一个数字，或多或少约有12775个女人。"作为一个睡过的女人还不到两位数的可怜虫，而这还是在催眠磁带的辅助下才达成的战绩，我忍不住想象了下面的故事，讲述一个女孩如何情不自禁地沦陷进这样一份堪创"吉尼斯世界纪录"的名单。不过还是让她自己来讲这个故事吧。

这一早上可真要命。我不得不连吃两片安定，来抑制在我胃里翻江倒海的君主蝶、鳟眼蝶和天蚕蛾[1]。我的第一次正经采访任务，竟然就遇上这等好事。谁能想到，好莱坞最有魅力的明星博尔特·厄普赖特[2]，这位像霍华德·休斯[3]一样躲避公众关注的男人，竟会接受一个十九岁女孩的采访？尽管她金发披肩、双腿修长，拥有中国明代美人的颧骨，胸部丰满，并且有着能让男人们为之疯狂的性感小龅牙。如果这位来自南部阳光地带的大情圣对我动任何的歪脑筋，以为我会像无数拜倒在

---

[1] 美国俚语中，"butterfly in one's stomach"（胃里有蝴蝶）被用来形容紧张忐忑的感觉。——编者注
[2] 原文为Bolt Upright，有"笔挺"的意思。——编者注
[3] 霍华德·休斯：美国商业大亨、电影制片人、飞行员，也是著名的花花公子，以特立独行著称，晚年隐居。

他的明星魅力之下的倒霉姑娘那样任由他一亲芳泽，那他可是打错主意了。我立志从事严肃的新闻报道，坦率地说，我更希望和乔·拜登这样的人物来个一对一的专访，只可惜这些高高在上的大人物并未给我回信，而博尔特上个月在《花花公子》杂志的"哥伦比亚大学新闻学专业最佳身材"版块上偶然看见我的裸体照片后，不仅答复了我，而且回信还带着香味。

为了确保这位人形力比多不被性欲冲昏头脑，我特意穿得非常保守：一条不带挑逗意味的超短迷你裙，配上黑色网袜，以及一件虽然紧身但是趣味高雅的透视上衣。在给我那柔软而又性感的双唇涂上一层低调的深红色唇膏后，我觉得自己已经足够矜持，足以打消这位雄性荷尔蒙先生可能蹦出的任何过分亲密的念头。这一番忙活引起了我的未婚夫哈米什的担忧，不过他知道没什么好担心的，尽管事实上没有人，哪怕是像哈米什这种啮齿动物，可以和这位逍遥乡的头号种马相提并论。

我把车停在了博尔特位于贝尔艾尔[1]的家门前。就周围邻居的标准而言，他的家算不上奢华：这是一座仿照帕特农神庙建造的房子，同时抄袭了一部分巴黎圣母院和悉尼歌剧院的装饰。博尔特这位集表演、编剧、导演和制片于一身的全才刚推出了一部广受赞誉的新片：《给乞丐的安魂曲》。他具有完全

---

1 贝尔艾尔：位于洛杉矶的富人住宅区。

的创作自由,同时被《视相》杂志和《家禽饲养员》杂志冠以"电影奇才"的称号。一位好莱坞大佬曾说:"就算这家伙说要把摄影棚烧了,我也会亲手给他递上火柴。"不过讽刺的是,当他真的试图这么做时,他们叫来了保安。

在停车的时候,我注意到几位年轻的新人女演员正从他家出来。她们咯咯笑着,脸上焕发着心满意足的神采。"我到现在还忍不住颤抖,"一位棕发女郎说道,"他一边和我猛烈地做爱,一边弹着钢琴为自己伴奏。"

"我只知道自己一早就去了,"一位红发女郎说道,"他们给了我一个号码牌,让我等叫号,叫到我的时候我们做了一次又一次的爱。等我醒来时,发现自己正躺在一间恢复室里,一位护士正在给我沏茶。"

我按了门铃,一位身穿白色西装、仪表堂堂且颇具欧陆风情的贴身男仆霍克·图伊开门将我请了进去。屋内装饰着极具阳刚之气的深色木质家具,休闲室的墙上挂着众多爱慕他的女性的签名照片。女演员和女模特的照片挂在与视线水平的高度:抬头是女议员、电视主持人以及一张果尔达·梅厄[1]坐在熊皮地毯上的照片;最底下那排则留给了牙科保健师、空中乘务员以及一群来自麻风病人隔离区的感激涕零的女人。还有一些小物件,比如咖啡桌上的一副金手铐,是玛格丽特·撒切尔

---

[1] 果尔达·梅厄:以色列的创国元老之一,也是该国首位女性总理。

送的。据我所知，博尔特最引以为傲的收藏，是一块刻了字的劳力士手表，那是特蕾莎修女送给他的情人节礼物。

我正在随意张望时，突然感到一双火辣辣的眼睛在审视着我的身体，转身便看到了全美国最有票房吸引力的男人在打量着我的臀部曲线。

"身材真棒，"他的目光挪到我的腿上，"你一定经常健身。可否允许我给你推荐一款开胃酒，润滑一下腹肌？"他真是太帅了。不难理解他的发型师和化妆师为何双双获得了欧文·撒尔伯格人道精神奖[1]。"根据你的露华浓口红色号，和身上散发的淡淡的安妮香水的芬芳，我猜你最爱喝的是苏连红牌伏特加马提尼，配上一卷柠檬皮。我说的对吗？"他问。

"你怎么知道我喝了这款酒就会神魂颠倒？"我感到一种原始的性冲动轰击着我的大脑。

"可以说是直觉吧，"他回道，"这么说吧，我可以感应到一个女人最深处的欲望。正因如此，我还知道你最喜欢的诗歌是《回忆》[2]，最喜欢的画家是卡拉瓦乔，而你最喜欢的歌是《傻瓜》[3]。"

"《视相》杂志说得没错，"我说，"你长得确实很像年轻

---

[1] 这是一个由叙述者虚构的奖项，糅合了"欧文·撒尔伯格纪念奖"和"简·赫尔索特人道精神奖"。——编者注
[2] 《回忆》：美国抒情诗人埃德娜·圣文森特·米莱的诗作。
[3] 《傻瓜》：卡朋特兄妹乐队的一首歌。

时的阿兰·德龙。"

"那只是因为我最近肠胃炎刚好,"他说着给我递上伏特加,"实际上,我的外形是以米开朗琪罗的《大卫》为模板打造的。"

后来有人给他打电话,我能听出对方是他的政治密友。这位大明星的远见卓识并不只用来创作电影佳作,据说他还是某些政府高官背后老谋深算的傀儡师。这次给他打电话的是几位民主党要人,他们要审查一位司法部职位候选人的资质,想和他确认一下,这位女性候选人是否如实交代了自己的 G 点[1]。

"我非常喜欢你拍的电影版《麦克白》,"我在他挂断电话后说,"编剧署名的事,你后来和编剧工会的人解决了吗?"

"我的律师瑟斯顿·兰普海德和那帮来自莎士比亚老家的爱挑毛病的微生物一顿掰扯,"他回答道,"最终大家同意以共同作者的方式署名。"我饮尽第二杯伏特加,取出纸和笔,并趁他不注意松了松自己的吊袜带。

"我就不兜圈子了,"我说,"你是怎么做到在艺术上如此高产的同时,还能有时间睡这么多女人的?"

"一开始是有些难办,"他坦承道,"倒不是说做爱本身占了我太多时间。主要是做完还要善后——抽事后烟,以及靠在枕头上聊天。在意识到可以雇人替我善后的那天,一切都不

---

[1] G 点:引发女性高潮的敏感区。

一样了。我不用再躺在床上听她们矫情地说'刚才真是地动山摇'这样的傻话,可以用更多时间琢磨剧本,并进行突破性的理念创新。"

就在这时,霍克·图伊进来宣布,一辆载着一群郊区少妇的大巴已从西雅图驶达,她们似乎是某项比赛的优胜者。"把她们安排到楼上,"博尔特对他说,"让她们把衣服都脱了,再给每个人发一件纸罩衣。让她们把罩衣系在胸前。我一会儿就上去。"

"那你觉得自己性欲如此泛滥的缘由何在?"我问道,"我是说,那可是一万两千多个女人。有时一天好几个。"

"我这么做主要是为了预防蛀牙,"他说道,"就和用牙线剔牙一样。多年以前我注意到,只要我睡前不做爱,我就会开始长蛀牙。"

"你一定是位了不起的房事能手。"我坚持道,有那么十亿分之一秒,我试着想象跟这位希斯克利夫[1]和一代骄马[2]的结合体做爱是什么感觉。

"一试便知。"他说着一把将我搂入怀中,并示意一个墨西哥合奏乐团进来。

"我有未婚夫。"我抗议道。

---

1 希斯克利夫:艾米莉·勃朗特小说《呼啸山庄》的主人公。
2 指2010年兰道尔·华莱尔执导的电影《一代骄马》中的赛马。

"没错，但是你的未婚夫能做这个吗？"他做了一个完美的后空翻，稳稳站定后咧着嘴笑。

"其实哈米什和我有约定，"我耳语道，"我想和谁睡都行，只要电视遥控器归他管。"

话音未落，他的双唇已经凑到我的双唇上，我的内裤也被鬼使神差地脱掉了。之后一切都变得模糊起来。我记得有人轻咬着我的耳朵，不是博尔特，就是他的助手。我后来得知，博尔特除了有一个善后的替身，还有一个帮他预热的小弟，这样他就不必浪费宝贵的时间在前戏上。我记得自己被博尔特锁在怀中疯狂蹂躏，而这是我人生中第一次在做爱时真的看见了烟花。我们做到一半时，我的手机响了，是哈米什打来的。我骗他说我在工作，但当他说"我听到了烟花的声音，你是在唐人街吗"时，我知道他知道了。在我们做完爱后，博尔特告诉我，这段经历对他来说是多么特别，在他睡过的所有女人里，我才是他真心喜欢的那一个。他让我在一扇打开的窗子旁的椅子上坐下，接着按下了一个写有"椅子发射键"的按钮。在我匆匆飞离他家前，我收到了一个有机玻璃球作为纪念，上面非常浪漫地刻了一个数字：12989。

Story 06

脸部小整形绝对
无伤大雅

复活节岛警方表示有游客掰断了一尊石像的耳朵

一名芬兰游客近日被捕,警方称该男子把一尊神秘巨石像的耳垂掰下了一块……一位当地居民向警方表示,她亲眼看到那名游客拿着一块石像碎片逃离了现场。

——《纽约时报》,2008 年 3 月 26 日

热衷于见证奇迹的人,照例都会绘声绘色地讲述一段哈里·胡迪尼[1]某天晚上在维多利亚剧院登台的故事,说他如何打了一个响指,便让一头六吨重的非洲大象瞬间消失得无影无踪。能与这一高级障眼法相匹敌的,还有伟大的凯勒[2]在竞技场剧院的表演,据说他曾在舞台上若无其事地用两颗门牙灵巧地接住了一发近距离射向他的来复枪子弹,除了牙釉质可能稍有磨损,这位巫师看上去几乎毫发无伤。尽管这些特技表演十分引人入胜,但就惊人程度而言,远不如某位神经衰弱的侏儒

---

[1] 哈里·胡迪尼:匈牙利裔美国魔术师。
[2] 哈里·凯勒:美国魔术师。

施展的某种神奇魔法。此人戴着黑框眼镜,有着壮观的地中海式秃顶,浪漫魅力直逼已故的阿诺德·斯唐[1]。是的各位,在所有魔法师之中,唯有我可以随心所欲地让自己的电话响起。这一独门绝技只需要我脱光衣服,走进浴室,把水温调节到舒适的温度,然后往自己身上抹上肥皂泡——这时,正如马克斯兄弟[2]的电影里必然会有的竖琴独奏,我的电话也必然会响起,对方我可能认识,也可能像从蒙巴萨[3]打来、空手套白狼的家伙一样陌生。六周前,在满足了上述几个条件后,我的电话果不其然响起,害我从玻璃淋浴间光着身子、滴着水跑出,像彼得·罗斯[4]那样朝着电话鱼跃而去,唯恐错失天降横财或大饱艳福的机会。

"是我,杰伊·巴特菲特,"电话那头说道,"我这电话打得不会不是时候吧?"

"正是时候,"我说道,认出了这位患有鼻中隔偏曲的百老汇推销老手的声音,"我刚才就坐在电话机旁,研究它非凡的轮廓。"

"很好,我和你说一下现在的情况。我人在波士顿,手

---

1 阿诺德·斯唐:美国喜剧演员,以扮演书呆子或不讨人喜欢的角色著称。
2 马克斯兄弟:活跃于20世纪上半叶的美国喜剧团体。
3 蒙巴萨:肯尼亚城市。——编者注
4 彼得·罗斯:前美国职业棒球大联盟球员,以"鱼跃式"的盗垒方式而闻名。

头正握着一个炙手可热的剧本,看上去这很可能会是百老汇自《推销员之死》后最轰动的作品。它现在只需再稍加打磨即可。这是一部处子作,作者是个敏感的近视眼,一旦有人要改他的台词,就会大喊大叫,说这是在谋杀他的亲生骨肉。后来我们把他送进精神病院了。当然,由于他本人不同意,我们费了不少周章。总而言之,我想说的是,我离中头彩已经很近了,就差找一个有新鲜想法的人帮我再润色润色。"

"首演的反响如何?"我问道。隔着这么远的距离我也能闻到一股硫黄火刑[1]的味道。

"媒体评价大体上是正面的,"巴特菲特表示,"当然,吹毛求疵的人还是有的。他们主要对情节、对话、舞台设计,以及服装和布景做了些不必要的冷嘲热讽。不过我得承认,他们有一点说得没错,演员的表演实在过于浮夸了。"

巴特菲特原本是一位专门负责意外滑倒案件的律师,后来拍摄制作了从脱衣舞到木偶戏的各色演出。他出品的百老汇作品大多是票房黑洞,不过,尽管他将无数有钱的大善人变成了佃农,他总能时不时地以唬人的噱头捏造出一些集资广告,足以使他的职业生涯苟延残喘至今。

"听着,"我说,"喜剧我很擅长,但你说的听起来像是阿

---

[1] 中世纪猎巫运动中,人们会将燃烧的硫黄放在嫌疑女巫的腋窝下。当时人们认为,恶人死后也会在地狱里受永远不灭的硫黄火苦刑。——编者注

瑟·米勒,甚至是尤金·奥尼尔[1]那个范畴的作品了。"

"我完全同意,"巴特菲特说,"但不知为什么,观众一直笑个没停,我的直觉告诉我,如果我们保持灵活性,拓宽思路,而不是妄图与埃斯库罗斯[2]一较高下,不用多久我们就可以赚得盆满钵满。"

我赶紧计算了一下自己的日常热量需求和目前可预计的收入,看我还能撑几天,结果得出了一个惊人的负数。我只好驱车前往波士顿。我能感到这部剧现在麻烦不小,谈判的主动权在我这儿,因此我坚持提出了几项对我有利的苛刻条款。尽管没有预付金,但我可以从未来的剧作收益里分成。巴特菲特信誓旦旦地表示,这笔钱绝不逊于拉姬陵[3]的承包商收取的超额费用。

对我这样经验丰富的剧本诊疗师来说,诊断出《比目鱼回忆录》的结构性缺陷并非难事,尽管问题比制片人哄骗我入伙时透露的要多。这部剧以暴风骤雨般前言不搭后语的句子拉开了帷幕,上场的净是东拉西扯、让人摸不着头脑的人物:有的打着阳伞,有的拿着吹箭筒,还有的穿着骑师服。开头几幕的人物行为毫无逻辑,没有引出任何主要角色或故事线,只有

---

[1] 阿瑟·米勒:美国剧作家,上文提到的《推销员之死》的作者。尤金·奥尼尔:美国民族戏剧奠基人、诺贝尔文学奖得主。两人均以写作悲剧著称。
[2] 埃斯库罗斯:古希腊三大悲剧诗人之一,被誉为"悲剧之父"。
[3] 此处疑影射泰姬陵。

一通接着一通的电话打个不停,翻来覆去地讲些家长里短的糟心事,让人昏昏欲睡的程度堪比苯巴比妥[1]。剧本里似乎还提到了某个被诅咒的红宝石手镯和麋鹿角被盗的传说,以及一群在麻风病人隔离区的吉卜赛人。出于某些莫名其妙的原因,可能是因为钱伯伦发明了产钳[2],一群蛋鸡养殖户神秘地滞留在了鸡西,那里的人们曾数次忧心忡忡地提到一只会说话的八哥。尽管观众在一开始的无语后,确实有了些嘀咕声(拒不面对现实的巴特菲特将其当成笑声),但现在就惊慌失措地将其改成滑稽戏还为时尚早。

在明确了工作方针后,我做的第一件事便是精简剧本,只保留其核心内容。接着,在以全新的心理视角逐渐把每个角色吃透以后,我勾勒出了一段充满戏剧冲突的悬疑情节。我尽量忠于原作者的意图,但还是追随了自己的缪斯,把剧本里的副主厨改成了殡葬师。这让我得以用细致而精准的匠人手法,去其糟粕,取其精华,将剧中表达的强行喂鹅吃饲料一事的愤怒指控,变得更为直观和简练。是的,这部剧之前是引来了一些笑声,但现在幽默来自剧中角色,并且高潮一浪接一浪扑面而来。巴特菲特和全体演员都对我佩服得五体投地,就差把我用椅子举着在排练厅转圈了。就连殖民剧院的舞台工作人员,

---

1　苯巴比妥:一种镇静剂及安眠药。
2　彼得·钱伯伦:一般被认为是现代产钳的发明人。

那些见多识广的爱尔兰老腐朽，也对我的专业才能惊叹不已。女主角是一位口齿伶俐的白金级金发女郎，她每画一次十字，全身的构造板块都会剧烈晃动一下——她向我表示，如果我需要让打字的肌肉在如此高难度的剧本改写后重焕新生，可以去她的酒店房间，她会为我用流苏做一次好莱坞式按摩。

到头来，我想这部剧还是超出了那群小肚鸡肠的评论家的认知，除此之外我实在找不出合理的缘由，解释为什么他们会给我们在费城的首演如此凶残的评价。一向温和的《公报》建议，所有参与这部剧的人，都应该按照黑帮的规矩被绑起来处决，然后扔进石灰坑。其他几家报纸没那么宽容，他们建议把我们的开幕晚会直接改成审判异教徒的火刑会。我和巴特菲特去了一间昏暗的酒吧借酒消愁，一边痛饮琴蕾酒，一边翻看剧评，试图搜寻一些断章取义后可以自欺欺人、聊以自慰的片段，但无济于事。我们咒骂着这些乡巴佬的愚钝，不断用酒精麻痹自己，从伏特加到金酒，再到苏格兰威士忌，最后是巴特菲特自制的啤酒混威士忌特调——由于此饮的化学反应过于猛烈，酒保被吓坏了，若有一杯掉在地上可能会引发爆炸。突然，就在巴特菲特进出一连串会让帕里斯岛新兵营的教官都感到脸红的脏话后，他决定，出于职业操守，他要向媒体报复。他把我从那家非法运营的酒吧拉出去，去寻找《费城公报》的办公室。在路过一个建筑工地时，他捡了一块板砖。我踉跄地跟在后面，沉浸在谷物和葡萄合成的七彩眩晕中，附和着他精神错乱般的谩骂。

"说得好!"我醉醺醺地说道,"那些自以为是的草包,哪里懂什么是悲剧?只配去写到货通知。"为了郑重表明我的观点,我决定脸朝下扑倒在地,直接对着柏油马路倾诉。在像一只戴狗牌的哈巴狗那样站起身后,我很快发现自己已经跌跌撞撞地来到了一栋宏伟的建筑前,巴特菲特误以为这就是《公报》的办公楼。只见他用他的投球惯用手拿着板砖,做了一个单臂大回旋,准备要砸窗户。

"等等,"我咯咯叫道,急忙掉转他的投掷方向,"那不是报社。牌子上写着'费城艺术博物馆'。"这时只听见"哐当"一声巨响,那块偏离目标的板砖已经像职业棒球手的投球那样,飞速砸中了博物馆草坪上的一尊青铜雕像,砸断了那尊杰作的鼻子,就像给它做了一次廉价的鼻子整形手术。

"嘿!"我大吼,赶紧去检查雕像受损的情况,"看看你对西尔维斯特·史泰龙[1]做了什么!"

这尊肌肉发达的雕像,是这位伟大的演员为纪念他在费城拍摄的《洛奇》系列电影而慷慨捐赠的礼物,如今却失去了它那雄伟的鼻子。

"什么?"巴特菲特揉了揉自己的肩袖——在他扔板砖时,

1　西尔维斯特·史泰龙:下文电影《洛奇》的主演,鼻子很大,曾被打断而歪向一侧,成为其标志性面部特征。——编者注

那里曾发出"咔嗒"的怪响。"那是本杰明·富兰克林吗?他的双光眼镜去哪儿了?"

"你自己看看,"我从地上捡起那块鼻子,大怒道,"你把洛奇的大鼻子给砸掉了。"巴特菲特疑惑地眨了眨眼,搓着他那只刚扔完板砖的胳膊,一边嘟囔着要吃止痛药,一边摇摇晃晃地消失在夜色之中。我拿着那枚标志性的大鼻子,心怦怦直跳。尽管我血液里的酒精浓度已经快要赶上我的血浆和血小板浓度,但我永远也不会知道自己为什么会做出接下来的事。在左顾右盼一番,确保周围无人告密后,我把那块被砸掉的鼻子装进口袋,然后像拿着神像之眼的异教徒般撒腿就跑。我大概是想先找到我的车,设法沿着收费公路开回曼哈顿,然后去苏富比拍卖行销赃,让那些狂热的影迷为这件宝物竞价,最终收入七位数的巨款。我记得在找到我的本田轿车后,我只折腾了四十分钟便坐了上去,启动引擎,猛踩油门,让车子一顿闪转腾挪,最后来了个反身翻腾,顺利翻车——此时车轮还在转个不停。我依稀记得,自己后来和两位身穿制服的警官进行了一番激烈的交谈,最后他们晃动着警棍,开始怀疑起我的智商。

到了警察局,执勤警员要求我清空口袋,于是我一股脑地掏出了棉絮、旧钥匙、薄荷糖以及几张泛黄的圣西尔莉莉[1]

---

[1] 圣西尔莉莉:美国脱衣舞表演艺术家。

的照片，但他径直指向了那块沉甸甸的青铜鼻子，也就是如今的一号证物。"哦，这个呀，"我像在吹笛子一样瞎吹道，"这就是一个我随身携带的幸运鼻子。这是古老的伊特鲁里亚[1]习俗。"为了在重压之下保持优雅，我装作不在意地轻声一笑，结果那声音就像猫被塞进碎纸机时发出的惨叫。此时，两位警官已因我不苟言笑的冷静作风而恼羞成怒，开始轮番对我展开审讯，一个扮黑脸，另一个扮的也是黑脸。我始终坚守立场，直到听到了"水刑"二字，决心才开始动摇。在想到有可能窒息而死后，我先是发出了一声羊叫，接着便歇斯底里地大喊起来。吊坠形的眼泪呼啦啦地从我脸上奔流而下，我终于对自己企图贩卖史泰龙鼻子的事供认不讳。我的忏悔比圣奥古斯丁[2]更深刻，也更容易被判刑。

所幸在费城，死刑的适用范围并不包括非法持有鼻子，但要说修复一件受损的公共艺术品所涉及的费用，那简直是要了我的老命。

---

1 伊特鲁里亚：位于现意大利中部的古代城邦国家。
2 圣奥古斯丁：古罗马神学家、哲学家，著有《忏悔录》。

Story 07

曼哈顿龙虾故事

两周前，阿贝·莫斯科维茨突发心脏病死掉了，转世成了一只龙虾。在缅因州海岸被人捕获后，他被运到曼哈顿，丢进了上东区一家高档海鲜餐厅的水缸里。缸里还有几只龙虾，其中一只认出了他。"阿贝，是你吗？"那家伙竖起触角问道。

"谁？谁在和我说话？"莫斯科维茨回道，仍未从这起冷不防将他变成甲壳类动物的神秘往生事件中缓过神来。

"是我，莫·西尔弗曼。"另一只龙虾说道。

"我的天哪！"莫斯科维茨嚎道，认出了这位原先和他一起玩金拉米纸牌的老同事的声音，"发生了什么？"

"我们重生了，"莫解释道，"成了一对两磅重的龙虾。"

"龙虾？我一生正直，竟落得如此下场？成了第三大道上的一只缸中龙虾？"

"上帝之道，何等奥妙。"莫·西尔弗曼说，"就拿菲尔·平丘克来说吧。那人因为脑动脉瘤突然倒地不起，现在成了一只仓鼠，每天在一个破轮圈里跑个没停。他原先在耶鲁当了好多年教授。重点是，他开始喜欢上那轮子了。他每天踩着轮子跑呀跑，做的都是无用功，但他脸上总带着笑容。"

莫斯科维茨可一点儿都不喜欢他的新处境。他想不通，为什么一位像他这样的模范市民，一位牙医，一位大善人，明明该转世成一只翱翔的雄鹰，或者一只依偎在性感名媛腿上接受其温柔抚摸的爱宠，却耻辱地投胎成了一道菜单上的主菜？美味的他将搭配烤土豆和甜点，一起作为"今日特色菜"被端上餐桌，这是何等残酷的命运。这使得两只龙虾讨论起了存在的奥秘、宗教的奥秘，以及世事是多么无常，比如索尔·德拉赞，一个他们认识的搞餐饮的笨蛋，在中风猝死后竟转世成了一匹种马，那些可爱的小母马要和他配种还得花上好大一笔钱。莫斯科维茨既难过又愤慨，一想到可能会被做成热月龙虾[1]，他就焦虑得游来荡去，没法像西尔弗曼那样抱着佛陀般的心态随遇而安。

偏偏这时，伯尼·麦道夫[2]走进了餐厅，在一张离他们不远的桌子旁落座。如果说莫斯科维茨之前只是心怀怨愤的话，现在他已咬牙切齿，他的尾巴开始像船外机那样在水中翻腾。

"岂有此理，"他把那双黑色的小眼睛紧贴在龙虾缸壁上说道，"这个本该在牢里服刑、劈石头、做车牌的骗子怎么偷跑出来了？竟然还来吃海鲜大餐？"

"看看他那不朽的爱人身上的钻石。"西尔弗曼盯着麦道

1　热月龙虾：一道法餐经典菜肴。——编者注
2　即伯纳德·麦道夫，前纳斯达克主席，因操作"庞氏骗局"而被判监禁，死于狱中。

夫太太的戒指和手链说道。

莫斯科维茨强忍住一阵胃酸倒流,这是他前世带来的老毛病。"我就是因为他才沦落至此。"他怒火中烧地说道。

"展开说说,"莫·西尔弗曼说道,"我在佛罗里达和这人打过高尔夫,顺便说一句,他会在你不注意的时候偷偷用脚挪球。"

"每个月我都会从他那儿收到一份报表,"莫斯科维茨气冲冲地说道,"那些数字太漂亮了,我一看就知道有问题。有一次我和他开玩笑,说这一切看上去就像庞氏骗局,他顿时就被吃到一半的烤布丁[1]给噎着了。我不得不使用了海姆立克急救法。到头来,在奢侈的生活过后,我才发现他原来是个骗子,而我的净资产已经所剩无几。对了,我是得心梗死的,东京的海洋科学实验室有记录。"

"他对我则是欲擒故纵,"西尔弗曼说着开始条件反射般地在虾壳上摸找阿普唑仑[2]片,"他一开始和我说,投资人的名额满了。但他越不让我加入,我越想加入。后来我请他吃饭,他说看在罗莎莉餐厅薄饼卷的分儿上,会把下一个空出来的投资名额给我。在他同意替我打理账户的那天,我激动得把婚礼照片上我老婆的头剪了下来,换上了他的。在得知自己破产

---

1 原文为 kugel,是犹太人常吃的传统食品。
2 阿普唑仑:一种镇静、抗焦虑药物。

后,我从棕榈滩的高尔夫俱乐部楼顶跳了下去。跳楼还等了半个小时,因为我前面排着十一个人。"

就在这时,麦道夫在餐厅领班的陪同下来到了龙虾缸边,这个老滑头对着一缸子候选的海鲜看了又看,分析着哪个比较鲜嫩多汁,最后指向了莫斯科维茨和西尔弗曼。领班脸上露出了热情的笑容,他叫来服务生,把两只虾从缸里捞出来。

"这我实在没法忍了!"莫斯科维茨吼道,心中的怒火已经燃到了最高点,"先是把我一辈子的积蓄都骗走了,现在还要用黄油把我焗了吃!天理何在?"

莫斯科维茨和西尔弗曼此时的愤慨之情已经直冲云霄,他们使劲晃动着龙虾缸,直到它从台面上掉下去摔得粉碎,一缸子的水在六边形的瓷砖上流得到处都是。众人纷纷转过头来,领班也看得目瞪口呆。铁了心要复仇的两只龙虾,此时正迈着急促的碎步向麦道夫杀去。一眨眼的工夫,他们已经兵临桌下,西尔弗曼直冲麦道夫的脚踝而去,莫斯科维茨则使出发疯般的力气从地上一跃而起,用一只大钳子牢牢夹住他的鼻子。只见那位满头灰发的诈骗大师痛得大叫连连,猛地从椅子上蹦起来,而此时西尔弗曼已用双钳将他的脚背死死勒住。餐厅的客人们在认出麦道夫时,简直不敢相信自己的眼睛,开始齐声为两只龙虾叫好。

"这一钳子是为那些寡妇和慈善机构夹的!"莫斯科维茨吼道,"'希望医院'现在成了滑冰场,全是拜你所赐!"

由于无法挣脱那两位大西洋来客的纠缠,麦道夫狂奔逃出餐厅,大喊着朝车来人往的大街上逃去。当莫斯科维茨把麦道夫的鼻子越夹越紧、西尔弗曼夹穿他的鞋子时,他们总算让这个老奸巨猾的骗子供认了自己的累累罪行,并为此道歉。

这一天折腾下来,麦道夫带着满身伤痕住进了勒诺克斯山医院。那两只逃出生天的龙虾在平息怒火后,用仅存的力气扑通跳进了又深又冷的羊头湾。就我所知,莫斯科维茨至今仍和耶塔·贝尔金生活在那里。耶塔是他之前在食品超市购物时认识的一个女人。她生前就长得像比目鱼,在死于坠机事故后,她转世成了一只比目鱼。

Story 08

结束了叫醒我

一个天寒地冻的傍晚，我开着车在曼哈顿市中心的车流中冒雨前行，不知道撞上了什么好运气，在经过一堆废弃的报纸时，刚好一阵狂风把它们吹得漫天飞舞，一张旧《纽约时报》劈头盖脸地拍在了挡风玻璃上。通常来说，当我在百老汇大道疾驰却完全看不见谁会被我碾过时，我会有如报丧女妖般歇斯底里，但那张报纸上有一篇文章实在太吸引人，以至于我竟对那些狂按喇叭的司机和为了保命哭喊着跑开的行人浑然不觉。这篇引人入胜的文章，其实是一款名为"至尊私人枕"的产品广告，讲述一个男人花了整整八年时间，终于研发出了全世界最舒服的枕头的励志故事。广告先是警告众人，但凡达不到凡·温克尔[1]的瞌睡时长，就会遭受"无数血肉之躯所不能避免的打击"[2]，包括伤风、感冒、糖尿病、心脏病以及精神萎靡，接着暗示，商家常会有"计划性报废"[3]的阴谋。"至尊私

---

1 凡·温克尔：美国作家华盛顿·欧文的短篇小说《瑞普·凡·温克尔》的主人公，在喝仙酒后睡了二十年才醒来。
2 出自《哈姆雷特》第三幕第一场那段关于"生存还是毁灭"的独白，译文引自朱生豪译本。
3 计划性报废：指商家有意为产品设计有限的使用寿命或质量缺陷，令产品在一定时间后难以继用，促使消费者更换新产品，刺激销量。

人枕"的发明证明，大部分枕头的设计都是慢性自杀式的，会让毫不知情的使用者在早晨醒来时感到胳膊酸、脖子痛，甚至导致手指发麻，真是骇人听闻。而他们发售的枕头保证具有让人重获新生的神奇功效，广告最后引用了产品创始人的一句谦卑之词："我真心认为'至尊私人枕'是全世界最好的枕头，如果得以普及，人类不仅将拥有更好的睡眠，也将拥有一个更好的世界。"

镜头切到伦敦的探险家俱乐部。一个镶嵌着华丽深色木地板的特大房间，屋内有一个熊熊燃烧的壁炉和多个谈话区，并配有舒适的切斯特菲尔德沙发和椅子。遥远他乡的地图和照片令墙壁显得不再单调，也为谈话烘托了气氛：三五成群的男人围坐在一起，一边喝酒一边分享着关于某条巨蟒或某座火山的故事。斯塔福德·拉姆斯博顿爵士、来自牛津的老顽固基楚·戴谢，以及传奇的华人环球旅行家赖檬派，正坐在一个角落里一边喝着白兰地，一边交换他们冒险途中的奇闻逸事，从北极圈一直讲到舌蝇的故乡。此时，奈杰尔·怀特贝特，一位古铜色皮肤的英俊探险家，在销声匿迹几个月后，也加入了谈话。怀特贝特走遍天下、见多识广，是俱乐部里少数见证过活人祭的人（由于被献祭的是一位保险销售，他觉得情有可原）。怀特贝特从青年时期便勇于冒险，二十一岁那年，他在攀登乞力马扎罗山时不慎跌落，后来自然历史博物馆恐龙厅的人帮他把骨头逐块接了回去。传说，他三十岁那年曾在新几内亚被食人族捕获，差点被吃掉，就在他们给他撒欧芹调味时，他从餐桌上一跃而起，成功脱逃。五十岁那年，怀特贝特和俾格米人[1]一起生活了两年，并成功向他们售出三百双增高鞋。

"我们听说你的船在中国海上沉没时，都以为你死了。"拉姆斯博顿说。

"都怪该死的台风，"怀特贝特回道，"当时我被鲨鱼包围了。幸好它们是纸牌鲨[2]，而我说了不玩纸牌。"

"可你这几个月去哪儿了，老伙计？"基楚·戴谢问道，"我们在参加宾奇·威尔肯的葬礼时都很想你。可怜的宾奇，他的尸体被人用箱子装着，从亚马孙河运回来，脑袋萎缩得只剩三英寸[3]，嘴唇也被人缝上了。不过除此之外，他还是我们认识的那个宾奇。"

"要说我去了哪儿，那可就精彩了，"怀特贝特说，"请允许我先饮尽杯中的拿破仑干邑，待我沉醉一会儿，便和你们好好讲一讲这个独一无二的绝妙故事。"他的三位听众在椅子上舒舒服服坐好，关掉助听器，满怀期待地等着他开讲。

故事要从前往芝加哥的飞机说起。当时机上坐着我本人、菲尔丁·威伏特，还有那个倔脾气的爱尔兰雇佣兵海纳斯·奥

1　俾格米人：古希腊人对生活在非洲中部热带森林地区的矮人民族的称呼。
2　纸牌鲨：对以高超牌技或作弊方式在纸牌游戏里赢钱的人的戏称。
3　1英寸=2.54厘米。——编者注

罗克。我们正赶去参加一个以好莱坞老电影《蛇穴》为主题的犹太成人礼,半路上导航系统坏了,我们发现自己到了蒙古上空。雪上加霜的是,飞行员失去了对地平线的准确判断,正上下颠倒地飞行,这使得空姐供应午餐的难度倍增。不一会儿,燃油就耗尽了,飞机开始向下猛冲,最后撞到了山腰上,炸得四分五裂,并燃起了熊熊大火。当时我正在看书,这样一弄,我都不知道看到哪儿了。

就这样,伙计们,我们被困在了喜马拉雅的群山之中,没有任何口粮,除了我没吃完的几颗薄荷糖,我们三个人分了。作为三位经验丰富的探险家,我们靠着星象前行,但误把大犬座的天狼星当成了木星,这意味着按照我们的行进速度,我们将在六万亿光年后抵达伦敦。由于食物匮乏,到了第二周,我们已经习惯了靠吃雪活着。奥罗克自诩算个美食家,因此由他来负责我们的晚餐。我们一般会有一道开胃雪、一道主雪、两道素雪,以及多道甜点雪可供选择。威伏特在饿到神志不清时建议,如果奥罗克再不让我们吃饱一些,我们就要考虑吃奥罗克了。就在这时,我们看见山口处出现了一座隐秘之城。一座闪着金光的城市,坐落在喜马拉雅的群山之中,其建筑带有东方风格,庙宇和喷泉点缀着金色的街道,很像拉斯维加斯。又累又饿的我们战战兢兢地向那座城市走去,祈祷那里的餐厅没有系领带的要求。所幸,当地人对我们表示了欢迎。他们把我们带到了一个大厅,请我们享用了多汁的肉、水果和只应天上有的美酒。我们在吃着冰激凌和巧克力时，不禁注意到，这座城市的居民个个身姿矫健，充满青春活力，并且相貌俊美。男人们看起来都像奥林匹克运动员，而那位往我嘴里喂葡萄、看着不过二十一二岁的金发美女，竟然已经九十六了。当我问她是在哪里做的医美时，她咯咯直笑，接着扭过头去。最后，我们被带到了大祭司的房间。他向我们表示了欢迎。我们向他表示了祝贺。他请我们坐下。我们请他说话。请来请去，很快就有了一场竞拍战[1]。不知怎么，我们的竞价超过了他的，最终以低价拍到了一个胡桃木的大衣柜。

"我们在哪儿？你们是什么人？"我向那位部落长老问道。

"我们的族人很特殊，"他解释道，"我们爱好和平，富有艺术和体育天分，并且非常长寿。我们的世界没有纷争和战乱。这里没有人需要服用百忧解[2]。"

"你们有什么秘诀？"我问道，"是喝酸奶吗？还是因为纯净的山中空气？"

"诸位良善的朝圣者，只要你们聚上前来听我述说，我将把一切和盘托出。"他边说边举起一个枕头，"这里所有的居民都睡在这样的枕头上。它被称为至尊私人枕。我们的祖先在上古时期就运用科学的方法设计了它，其中涉及的计算包括地

---

1 英文中的"请"与"竞拍"都是 bid/bidding，此处为作者的文字游戏。
2 百忧解：一种抗抑郁药物。

球自转以及一个侏儒要爬上高脚凳所需的时长。枕头里的羽绒填充物有着巧妙配比,其中百分之五十来自野鸭,还有百分之五十来自木质诱饵鸭[1],就算你睡觉时喜欢压在一只胳膊上,也能保证你的手指不会发麻。"我用力捏了捏那件丰满撩人的工艺品,那感觉就像在抚摸我老婆的胸部,不,比这更爽,就像在抚摸她朋友的胸部。

"可人们一直睡在普通的枕头上,不也睡得挺好?"威伏特说。

"是吗?"大祭司一脸不屑地问道。我想到自己的父母,想到我父亲是如何睡在海绵橡胶枕头上,睡到双耳发麻的。他怎么努力都没法扭动耳朵,最后害他连工作都丢了。还有拉姆斯博顿的心脏病发作又该做何解释?直到最近,他才发现自己常用枕头的胆固醇含量有多高。大祭司表示,至尊私人枕不仅不含脂肪,还添加了钙。

"孩子们,听好了,"他说,"如果所有人都能在这个舒适的小垫子上酣然入睡,这个世界将会变得更加美好。"

当晚,那位白发苍苍的长老把我拉到一边,交给我一个特殊的任务。

"把这个枕头带回到文明世界去。把它交给联合国秘书长,让他明白只有至尊私人枕可以带来世界和平。完成这个任

---

[1] 诱饵鸭:一种用来诱捕鸭子的仿制物。——编者注

务以后,你就可以回到这里,永远和我们一起在这片乐土上生活。当你回来时,如果你还能记起,帮我带一个朱尼尔[1]芝士蛋糕。"

两个月后,我从喜马拉雅山赶到了联合国总部,由于一路上与土匪和猛虎搏斗,我满脸胡子,筋疲力尽。我从警卫身旁匆匆跑过,冲进了秘书长的办公室。我大喊,我带了一样东西,可以解决全世界的难题,喊完便拿出枕头给他看。紧接着,两个穿白制服的男人各抓着我的一只胳膊,宽慰我一切都会"没事的"。他们把我送到了纽约一个叫威尔维尤还是梅尔维尤[2]的地方,不得不说,我在那里根本不需要什么至尊私人枕,因为就纯粹的舒适度而言,很难找到比一个有着奢华厚垫子和超厚防撞软垫墙的房间睡着更舒服的地方了。

在讲完这则离奇的故事后,怀特贝特站起身来,但在那之前,他已经熟练地把酒水账单轻轻吹到了桌子的另一头——这是他从希瓦罗印第安人那里学来的一项绝技,他们的特长是永不买单。接着,他微笑着眨了眨眼,再次出发前往未知的神秘海域。

---

[1] 朱尼尔:纽约的一家甜品餐厅,创立于1950年,以芝士蛋糕闻名。
[2] 此处暗指以治疗精神病著称的贝尔维尤医院。

Story 09

欸，
我把氧气罐放哪儿了？

一份本应获奖的布朗尼配方里的原料，在我夫人手中究竟经历了什么样的鬼斧神工，最后化身成了十二块方方正正的花岗岩，个中奥妙，恐怕只有中世纪的炼金术士可以参透。

在硬咬了一口后，我的牙发出了有如喀拉喀托火山大爆发的声音，接着我便发现自己在牙医诊所的候诊室里了。某个嗜糖如命的可怜孩子正在椅子上发出一阵阵的高音惨叫，百得公司[1]的最新款设备正在钻着他的一颗白齿。我不得不找点东西分散注意力。就在这时，我注意到《今日美国》报上的一则趣闻。据其掌握的消息，美国每年有多达六千位病人会在手术后被医生不小心在体内遗留下纱布、镊子以及其他手术工具。自从我的上一部剧在影评人那里收获了面对食肉病毒般的反应以后，我的灵感之泉便堵塞了，但在看到这则珍奇趣闻后，我觉得可以此为契机，创作出一部百老汇杂烩剧，并借此大赚一笔，以补贴我已规划好的退休痴呆生活。大幕开启，首先出场的是我们的主人公迈尔斯·哥特利，一位二十六岁、充满活力的年轻人，靠卖米格尔糊口。至于米格尔到底是个什么玩意儿，我觉

1　百得公司以生产电钻设备闻名。

得等我描绘出更多的人物细节并深挖主题时，自然会想到。

我们只要知道，哥特利爱上了帕莱斯特里娜，一位皮肤娇嫩、秀发乌黑的美人，她的美是那种足以将水手们引向灭亡的地中海风情之美。我们可以安排一个在劫难逃的水手们组成的歌队，在台上帮忙解释剧情，就像希腊歌队[1]那样。或许我们可以再安排一支真正的希腊歌队，甚至让两队来一场垒球比赛，这样在剧情拖沓时还能提供些消遣。尽管帕莱斯特里娜也爱着哥特利，但她的父亲泰特迪米里安先生，一位迂腐的亚美尼亚地毯商，希望女儿可以嫁给一个门当户对的人——拉里·法罗皮安[2]，纽约最炙手可热的艺术品经销商。法罗皮安的人物原型是默里·维吉泰里安[3]，这位画廊老板因将玛丽·罗兰珊[4]的一幅精妙水彩画卖出了六百万美元的高价而一举成名，那幅画描绘了两位女同性恋如何以符合犹太教规的方式烹饪一只鸡。立志要出人头地的哥特利组建了一个剧团，专门表演用回文[5]创作的先锋戏剧，但随着其成员一个个饿死，剧团渐渐散了。第一幕的结尾是歌队的警示：一个人无法躲避上帝，但有时戴上假胡子或许可以蒙混过关。

1　希腊歌队：古希腊戏剧中常见的一种艺术表现形式，由歌手和舞者组成，负责对剧情进行评论、解释并反映观众的情感。
2　"法罗皮安"（Fallopian）意为"输卵管"。——编者注
3　"维吉泰里安"（Vegetarian）意为"素食主义者"。——编者注
4　玛丽·罗兰珊：法国画家，作品多描绘优雅而忧郁的女性。
5　回文：指正着读和反着读都一样的单词或短语。

在第二幕出场的，是医术高超的外科医生安德斯·武尔姆，以及其夫人文黛塔，她和猎场看守人瓦瑟福格尔有私情。夫妇俩住在公园大道的一间公寓里，武尔姆医生无法理解，为什么他们需要一位猎场看守人。武尔姆已经学会了容忍夫人的皮卡迪罗[1]，但那只是因为他不知道皮卡迪罗是什么，而夫人告诉他，那是一道墨西哥菜的名字。武尔姆曾向英格丽·席提克·福莱希女爵寻求情感慰藉，女爵来自德国显赫一时的工商业主家族，他们的直升机工厂在战后转型，现在生产竹蜻蜓帽。她和她的兄弟鲁道夫预备在父亲死后继承家产，但父亲已经昏迷了三十六年。两人曾多次拔掉父亲的维生设备插头，但每次他们一走，他便会把插头插回去。武尔姆倒是想和英格丽私奔，但他没有这个胆量，因为尽管他有亿万身家，但都是"大富翁"游戏里的。与此同时，哥特利向帕莱斯特里娜求婚，恳请她答应与他携手人生路。在她同意后，他发现她只是同意与他携手，而她身体的其他部位都归拉里·法罗皮安所有。于是他吞下了一颗已经随身携带了两年的毒药，因为他想赶在过期前服用。他捂着肚子倒下了，接着被紧急送往医院，住进了重症不监护病房。在命悬一线之际，他大声疾呼，恳请见帕莱斯特里娜最后一面，又说如果她没空，也可以改成任何一位曾登上《体育画报》泳装特辑封面的姑娘。哥特利的手术

---

1 原文为peccadillo，意为"小过失""轻微的罪行"。

迫在眉睫，当武尔姆医生接到紧急来电，要他赶往医院时，他正将瓦瑟福格尔与夫人捉奸在床。原本他要和瓦瑟福格尔决斗，在讨论用剑还是用枪时，武尔姆选择了剑，而瓦瑟福格尔选了枪。

不过手术要紧，武尔姆跑掉了。

到了医院，就在武尔姆换上手术服时，护士瓦克丝恰普小姐气喘吁吁地跑进来，说他刚中了纽约大乐透，奖金是三亿六千万美元，现在她终于可以和他一起远走高飞了。此处我的用意是，通过引入他和瓦克丝恰普护士的第二段婚外情，开辟一条精彩的支线，给观众带去极致的情感震撼，尤其是这位护士在出生时便和自己的双胞胎姐妹分离。

在突然变得富可敌国后，武尔姆给自己的律师贾森·海尔皮斯打电话，让他准备自己与文黛塔的离婚材料，控诉她发胖过度，并称尽管自己曾在圣坛上发誓，不管是健康还是疾病，富有还是贫穷，过得好还是不好，都会陪在她身边，但拉比[1]从来没提过肥胖的事。现在，武尔姆必须选择，是娶瓦克丝恰普护士还是英格丽·席提克·福莱希女爵。他决定选护士，因为英格丽的三任前夫均死于可疑的意外事故，而他在婚前协议里拒绝接受同样的事发生在自己身上。对新生活的憧憬令武尔姆欣喜若狂，他飞速做完了手术，拯救了哥特利的性

---

1 拉比：犹太教里负责执行教规、律法并主持宗教仪式的神职人员。

命，然后给瓦克丝恰普护士送了一颗价值百万美元、像门把手一样大的钻石作为惊喜。当她指出那其实真的只是一个门把手时，他意识到自己买贵了。正为新欢痴狂的武尔姆开始展望他和莫娜·瓦克丝恰普的奢侈生活，他现在只需把彩票兑现，然后租一架湾流飞机，和她飞往加勒比海的一座小岛，正是在那遥远之地，他第一次对她萌生了爱意。当时她和时任丈夫，法国电影导演让·克劳德·图佩在那里度假。这位年轻的金发美女喜欢悬崖跳水，但她不小心撞到了头。作为一名外科医生，武尔姆建议把头部切除。两人很快聊了起来，并开始在她丈夫的眼皮底下搞起了婚外情，虽然他的眼皮底下空间有限，无法尽情施展，但那里是岛上唯一阴凉的地方。如今两年过去，武尔姆已经准备好摆脱不忠的文黛塔，迎娶新欢。

且慢，现在又是什么情况？武尔姆一阵手忙脚乱，因为他找不到彩票了。他发疯似的翻找裤子口袋。把彩票放哪儿了？他突然想起来了。因为觉得做手术时把那张珍贵的彩票放在储物柜里不安全，他把它藏进了手术时戴的橡胶手套里，牢牢地固定在掌心。后来，和每年会有的六千多位术后把工具落在病人体内的医生一样，他也心不在焉地把手套连同那张中奖的彩票遗落在了哥特利体内。他赶紧狂奔到医院，准备再给哥特利剖肚。他说做手术时，自己把钱包落在对方肚子里了，里面有信用卡、驾照，以及劳力士手表和海滩度假屋的钥匙。心生疑窦的哥特利去拍了 X 光片，看见了那张中奖的彩票。他要求平分奖金，武尔姆同意了，开始动刀。现在我们迎来了考验人品的高潮时刻。武尔姆意识到，只要哥特利死了，那笔钱就全归他了。抱着这个念头，他在哥特利体内放了一颗定时炸弹，然后缝上了伤口。这时歌队开始发声谴责武尔姆，提醒他《希波克拉底誓词》禁止医生在腹部手术中使用炸药。武尔姆饱受悔恨折磨（这里我想到可以让他良心的化身坐在他的肩膀上，劝他不要做违背良心之事，不过我们需要一位体型非常小的演员），最终还是在爆炸前取出了炸弹，哥特利因此逃过一劫。就在观众以为万事大吉之时，命运，这个把所有人都当作提线木偶的反复无常的傀儡师，使出了最后一招把戏：武尔姆发现，瓦克丝恰普护士看错了号码，那张彩票其实一文不值。这时护士露出了真面目，甩掉了武尔姆，并说尽管自己会永远爱他，但现在她需要一份让他远离自己的限制令。

当哥特利麻醉未醒时，他终于在梦中想到了米格尔的用处，后来他开拓了这一市场，赚了上百万美元并迎娶了帕莱斯特里娜。而曾经疯狂爱上瓦克丝恰普护士的武尔姆，最后娶了她的双胞胎姐妹，可以说是两败俱伤。

当然，剧情里还有一些坑没填上，而且我还不知道他梦到的米格尔到底是个什么玩意儿，不过我觉得只要去加勒比海的小岛待上几周，灵感自然就来了，特别是如果有一位像《体育画报》上泳装女郎般的姑娘陪同。如果一切顺利，那百老汇，我来了。

Story 10

王朝乱事

本想尝尝鲜的我，在看到"蚂蚁上树"和"千年老蛋"[1]这两个菜名时，心理防线瞬间崩塌，在服务员不耐烦地清了清嗓子后，我垮掉了，只能懦弱地逃回我的老朋友左宗棠鸡[2]的怀抱。尽管呼吸依然急促，但我总算松了一口气，一边品着白葡萄酒，一边等待着我的主菜。可就在这道经典名菜上桌时，一阵新的恐慌又向我袭来，我猛然意识到，我对这道自己点过无数次的佳肴的来历，实在知之甚少。我知道左将军是一位大英雄，但他那只传说中的鸡到底是什么情况？或许他是一位有着大厨梦的将军？或者，那只鸡受过秘密训练，可以打入敌军后方，下个饵雷蛋，把敌方大营炸个稀巴烂？又或者，只有鸡脚派上了用场，被某个古老的巫医用来占卜攻打沙皇大军的良辰吉日？正当我在笔记本上写下，一定要把这件事研究清楚时，地球、太阳和月亮突然连成了一道直线，我赶紧狼吞虎咽地把菜吃完，但脑中不禁闪过几封简短的中文毛笔信，请允许我在

1　原文为 Thousand-Year-Old Egg，是皮蛋在英文里的叫法。
2　左宗棠鸡是北美中餐馆里常见的一道菜，直译为"左将军的鸡"，是湖南籍厨师彭长贵在 20 世纪 50 年代推出的创新菜，其实与左宗棠本人无关。下文信件中的故事亦皆为杜撰。——编者注

此将它们翻译出来。

我最尊敬的彭尚书：

在带领我天朝大军击退凶残的敌军、平息危险的叛乱，并为皇上带去无数凯旋的荣耀后，我不难理解国人们想向我致敬的渴望。虽然我并不追求对个人的歌功颂德，但我首先想到的是一场简朴的英雄大巡游：音乐响起，火把点亮，街道上撒满了莲花瓣，就在我乘坐着敞篷马车从人群中穿过时，无数的夜莺一齐被放飞。不过左夫人不喜欢盛大的场面，她的建议更为低调，只需给在下打造一尊骑在战马上的大理石或青金石雕像，并将其立在一个靠近皇宫的显要之地即可。尽管上述任一方案都能充分彰显国家对本人非凡勇气的嘉许，但在得知要以我的名字命名一道鸡肉菜来表彰我的功绩时，不得不说，我是有些意外的。起初我以为这是我部下开的玩笑，因为他们平时就喜欢搞些无聊的恶作剧，可当我听说自己的名字以后真的会出现在所有的菜单上，并夹在饺子和木须肉中间时，我不禁膝盖一软。对于一位战功显赫的军事伟人，一个一辈子出生入死、常常缺衣少粮、以少敌多却仍奋勇抗敌的人，你们就是这样表达敬意的？把一只鸡扔到炒锅里，写上他的名字，以为这是多了不起的事？正如夫人所言，这简直俗不可耐。在此我谨代表左家死去的列祖列宗——他们甚至都不爱吃鸡肉，每次点的都是龙虾——恳请您重新考虑一下。

谦卑的左将军　上

我最杰出的左将军：

　　感谢您对朝廷元老们有关前述菜品命名之事的及时反馈。必须指出，在听闻您的不满后，王大厨深感懊悔，他以您来命名自己最引以为豪的原创菜品，而尊贵的将军您却认为这贬低了您在战场上的功绩。在王大厨看来，用多种香料和药草搭配鲜嫩多汁的鸡胸肉和鸡腿肉，可说是东方料理中的一颗璀璨明珠，其意义想必足以媲美您在战场上的拼杀——据他回忆，其中您率军撤退的比例惊人，大部分是溃败。他特别指出，除了那些所谓的英勇事迹和卓越战功（对此他表示那也只是您的一面之词），您还犯下过不计其数的愚蠢错误，比如有一次您忘了调闹钟，导致一万两千名部下被屠。他还提到，当皇上懒得出门，决定留在宫中享用晚餐以放松心情时，他经常会点这道菜的外卖。

　　至于立雕像一事，您可能也注意到了，近期青金石的价格飞涨，因为皇上的鸦片瘾，以及皇后给长城贴墙纸的装修计划，国库实在有些吃不消。再算上今年太监野餐会的现场娱乐开销，您看确实剩不下多少钱造雕像了。尽管如此，如果鸡肉确实令您不悦，王大厨想知道，可否将其换成某道和您外貌更为贴近的菜，比如左宗棠豆腐，不知您意下如何？

毕恭毕敬的彭　上

我最敬仰的尚书大人：

我对王大厨向来尊崇备至，这点还望您知悉。您或许还记得，当年闹得沸沸扬扬的尸碱食物中毒事件发生时，他曾被迫乔装成波兰牙医逃往重庆数月，那时我是少数几个替他说话的人。我明白国家确有不少必要的支出，尽管我也听闻了一些宫中是非，说皇上利用国库资金做了一些不明智的投资，比如买了六百万件质量有缺陷的挠背器，现在烂在手里。不过如果一整尊雕像造价太高的话，给我造一尊半身像也行。我这儿还有一个多余的底座，是左夫人在练库奇舞[1]时不小心打碎了宋代花瓶留下的。还请您提醒皇上，当年造反的黄包车夫们坚决要求

1　库奇舞：一种扭动四肢和臀部的色情舞蹈。

一辆车最多只能拉一个胖子时,平息了那场"苦力叛乱"的勇士正是在下。我深信皇上对于眼下这件事并不知情,如果他发现有人要以他的最高将领之名来命名一道只卖十二元的菜(如果你愿意去唐人街的话,则只要十元),定会龙颜大怒。

卑贱的左　上

我最杰出的左将军:

　　我能理解您的每一丝情绪,因此又去和皇上确认了一下,但他不记得您了,哪怕我给他看了您的照片。后来,您谦卑的尚书,也就是我,又为您做了许多解释工作,他才终于隐约想起有一个姓左的烦人精,曾经在某次皇家宴会上缠着他不放,非要他提供资金在霍博肯[1]开几家全手洗的洗衣店。皇上清楚记得,那天您喝了很多梅子酒,在命您离开时,您一直大吵大闹。据他回忆,后来他们动用了平时拿来敲大铜锣的那个大棒槌才把您打跑。我发现皇上越说越生气,因此实在没法再多提菜名的事。我奉劝您也知难而退。老实说,我实在不愿看到您被绑在桌子上,水一滴一滴地滴到您的额头上——最

1　霍博肯:美国新泽西州东北部哈德孙河畔的一座小城。

近，这取代了鞭刑，成为新近流行的刑罚方式。

热心的彭尚书　上

彭尚书：

我很遗憾地表示，这件事让我很没面子。难以想象，像我这样一位带兵打仗的大英雄，竟沦落到要和泰大叔、袁大妈[1]平分秋色的地步。这简直难以想象。他们就是这样看待我的？大家都知道泰大叔是个大骗子，他可能是全中国水平最差的针灸师，他用了五百针才治好艺术家薄先生的嘴唇干裂。至于袁大妈——她甚至都不存在，她是十四个犹太投资人为自己的连锁品牌虚构出来的一个人物形象。我很崩溃，无法呼吸。

我亲爱的将军：

对您不满足于以这一非常传统的方式接受表彰，我们宫中上下都感到衷心的遗憾。我必须坦白告诉您，皇上对于您没完没了地给他上书恳求一事已经感到厌烦了，而且您还恰好常在他和妃子享受

1　这里影射了纽约早年的一家湘菜馆"湘园"（Uncle Tai's Hunan Yuan）。——编者注

鱼水之欢时给他上书。他已经放出风声，如果您再不收手，他就要剃了您的手。与此同时，皇后的花园里有一个水池，许多肥锦鲤会在一派岁月静好中悠闲地游来游去。作为折中方案，我也许可以说服她，以您的名字来给其中一条鲤鱼命名。不知您意下如何？

真诚的彭　上

无比威严的尚书：

为了呼吸咸湿的空气并平复我那颤动的神经，我日前带着夫人乘船巡游了中国海，并碰巧在甲板上遇到一对在度假的美国夫妇。命中注定的是，男人靠创作并表演他称之为"一句乐"的短笑话为生。他演出的地方名字都极具异域风情，比如格罗辛格和康科德。为了表彰他多年来为不苟言笑的观众带去欢笑的巨大贡献，他说，第七大道上的一家熟食店以他的名字命名了一款三明治。他提到的这款三明治又被称为"海米[1]特色款"，由两片黑麦面包夹一大堆熏牛肉和牛舌中段制作而成。点这道菜，还会附送一份卷心菜沙拉和腌黄瓜，并且常常搭配有

---

[1] 原文为Hymie，是对犹太人的蔑称。

一瓶胡椒博士牌碳酸饮料。他对此深感荣幸,当这道菜第一次在菜单上出现时(就在犹太香肠这道开胃菜的上方),他热泪盈眶。这样的表彰给他带来了极大的满足,更令他那可敬的母亲无比欣喜,因为她之前总觉得他最后会成为一个默默无闻的推销蛋蜜乳的服务员。和这个有趣灵魂的相处令我动容,并让我认清了自己的狂妄和狭隘。现在我谦卑地接受并感谢王大厨用他的鸡肉使我的名字流芳百世,永远被列在全球中餐馆的菜单上。我只求能被列在菜单的第一栏。

     心怀感恩的左将军　上

Story 11

万籁俱寂

某电影公司近日为其新喜剧大片举行试映会,试图借此在曼哈顿有影响力的圈子中一炮打响,但现场的反应犹如外太空般寂静。当银幕上开始播放片尾演职人员名单,即宣告着一亿八千万美元的投资即将打水漂时,观众纷纷起身,像弗里茨·朗的电影《大都会》[1]里那些去往工厂的工友一样,拖着沉重的脚步往出口走去。当各种舆论带头人在百老汇大道的冷风中恢复知觉时,好巧不巧,我偏偏撞见了内斯特·格罗斯诺斯[2]:一个肥得像猪一样的烦人精,我们以前都爱去日落大道的大药房买小麦胚芽粉。格罗斯诺斯是一位好莱坞制片人,他掌握了如何把最有前途的项目搞到破产的诀窍。我俩如今都到了要退休的年纪,对饮食没那么讲究了,因此一起去了卡内基熟食店,边吃腌肉,边排解观影后的不适。

"太拙劣了,"格罗斯诺斯炮轰道,"完全就是给智力不达标的青少年看的垃圾。"他从裤子口袋里掏出一份剪报,说,"看看这个。这是我从一本叫《周刊报道》的小杂志上剪下来

---

[1] 《大都会》是弗里茨·朗于1927年拍摄的经典科幻默片,描绘了未来世界中地下工厂里劳工们的悲惨处境。

[2] "格罗斯诺斯"(Grossnose)意为"肥大的鼻子"。

的。你就说，这是不是我们打开金库大门的钥匙？"格罗斯诺斯说的那则新闻，发生在宾夕法尼亚州的上达比镇。当地一位比萨店老板因涉嫌把几只老鼠偷偷放进竞争对手的比萨店里而遭到警方指控。"把老鼠作为犯罪工具，"警察局长表示，"这种事我们也是第一次遇到。"

格罗斯诺斯像一个连续抽到两张王牌的人，微笑着看我的反应。

"我一看到这篇文章，就开始写获奖感言了。"他猛喝了一口布朗医生牌汽水，说道。

"你在说什么？"我回想起他的上一部电影《犹太馄饨小夜曲》，只获得了两项奥斯卡提名，但不是美国影艺学院主办的那个奖项，而是由贝尔维尤医院的病人们颁发的。

除了狼牙棒，已经没有什么能阻止他推销新剧情。我只好自认倒霉，并隐约看到兴登堡号[1]浮现在眼前。

"镜头首先来到苏格兰场[2]，"他开始了，"迈尔斯·达布尼探长，一位性情古怪、阅历丰富且爱搞冷幽默的警界老将，此刻正一边清理着自己的烟斗，一边想着周末的计划，以及那条总是不愿上钩的鳟鱼。达布尼名声在外，'开裆手'凶杀案全靠他一人之力侦破。"

1　兴登堡号：德国飞艇，于1937年飞行途中起火，导致36人死亡，是当时最惨重的航空事故之一。
2　苏格兰场：伦敦警察厅的代称。

"等一下,"我说,"那不是一百多年前的事吗?"

"你说的是'开膛手杰克'[1],"格罗斯诺斯辩解道,"我说的是'开裆手阿贝',是一位裁缝。他会偷偷跟踪白教堂一带的男人,然后给他们的华达呢休闲裤开裆。"

"懂了,"我说,"你这么一说就清楚了。"

"这时镜头给了达布尼那张狗脸一个特写,"格罗斯诺斯接着说,"他的得力干将甘米奇警督[2]带着坏消息进来了,'达布尼探长,'他说道,'巴克莱银行似乎刚被一群老鼠洗劫了。'"

"老鼠还能抢银行?"我一脸不信地打断道。

"为什么不行?"格罗斯诺斯说,"这群啮齿小动物如同往常一样引起了恐慌,就在女人们尖叫着跳上椅子时,它们用牙齿和爪子从提款机里盗走了两百万英镑。"

"听着,内斯特。"我刚要接着说,就被他打断了。

"现在你猜达布尼探长怎么说?'哎呀,甘米奇,这和曼斯福德说的那件事对上了,他说有一群老鼠闯进了泰特美术馆,偷走了康斯特布尔那幅价值连城的画。'

"'这我还没听说,'甘米奇答道,'总不会是同一伙老鼠干的吧?'

"'它们的特征描述是吻合的,'达布尼说,'白色的小崽

---

[1] 开膛手杰克:1888年8月7日到11月9日间,在伦敦白教堂一带以残忍手法连续杀害五名妓女的凶手化名。
[2] 警督实为美国警察系统中的警衔。

子，粉色的眼睛，小小的尾巴。它们成群结队进入美术馆，爬上墙，利索地取下那幅田园画杰作，接着合力扛着它从大门出去了，招呼都不打一声。要我说，就在我们嚼着葡萄干布丁时，那些赃款正在某个鼠大王的台球室里醒目地摆着。'"

"但这是怎么做到的？"我问，"我是说，且不说体格上办不到，对智力的要求也……"

"啊哈！"格罗斯诺斯喊道，"我和你说的只是电影开头设下的悬念。音乐响起，镜头闪回，我们来到了布莱克浦某地的一个实验室。一群敬业的科学家正在这里用老鼠做尖端实验，试图找到治愈秃顶的办法。"

"秃顶？"我尖声说道。

"治老鼠的秃顶。这是啮齿类动物的一个大问题——只不过学界少有关注。他们的首席科学家是昌西·恩特威斯尔，一位大帅哥。我可能会请布拉德·皮特来演，他很喜欢这个角色，并已承诺，只要我能让中东地区实现和平，他就来演。顺便说一下，恩特威斯尔的同事是一位叫阿普丽尔·福克斯格拉芙的生物学家，一位性感的金发美女，有点像玛丽·居里，但她的胸部更大。她穿着一件紧身的实验室白大褂，每当有老鼠跑出来时，她就会尖叫着把大褂撩起来，露出古铜色的大长腿和黑色比基尼内衣，那是她入围诺贝尔奖决选时一些同行送给她的礼物。"

"那天夜深时，"格罗斯诺斯接着说，"实验室的看门人威金斯，一个老伦敦，在巡逻时因为喝了一大杯苦啤酒而有些踉跄，不小心碰到一个标有'危险：有辐射！'的按钮。"

"辐射正对着那些老鼠。"我抢先说道。

"没错，"格罗斯诺斯来劲了，"但请注意：并非所有老鼠都受到了核攻击；只有那些性格乖张、郁郁不得志的家伙——那些在迷宫中跑了一遍又一遍却始终找不到美味的高达奶酪的老鼠，受到了辐射攻击。这伙心怀怨恨之徒在吸收了超能同位素后，变得智力超群而又反社会。"

"你说得我鸡皮疙瘩都起来了。"我一边顺着他的话说，一边在想厕所里有没有一扇窗户，可以让我爬到外面的街上溜走。

"当它们抓起实验室的爱猫斑斑，然后用扫帚柄当作球棒，把斑斑一棒子打飞到窗外时，我们意识到，这群家伙来者不善。对了，我忘了说，辐射给了这群坏老鼠五十倍的力量。一夜之间，一阵犯罪狂潮席卷伦敦：当街打人、入室盗窃、庞氏骗局、绑架对冲基金的高管并勒索其家人等等。"

"而这一切都是那些有着粉色眼睛和小小尾巴的白色小崽子干的。"我说。

"正是如此。"他肯定道。

"我觉得你这个项目真的非常有潜力，不过很抱歉，我赶着去参加一个阿米什[1]友人们举办的谷仓共建活动。"

---

1 阿米什人：北美基督新教信徒，主张过简朴的乡村生活，拒绝使用现代科技。

"问题是我还没想好结尾,"格罗斯诺斯哀求道,"而这正是你的用武之地。你是位作家。只要你能帮我出主意,我绝对不会亏待你。当然,没有预付款,但我保证后期的收入很可观。这么说吧,在收回四倍的成本后,我可以给你千分之一的提成。"

"一言为定,内斯特,"我把椅子往后一挪,说道,"但我不希望自己的名字出现在这部电影里。毕竟,这个点子最先是你想到的。至于我那部分赃款,你自己留着就行。我还有翻译卡瓦菲斯[1]和卖种子的收入,够用了。"

"我就知道你不会让我失望,"他嘟囔道,"所以结局是什么?"

"在影片最后,"我随口说道,"恩特威斯尔意识到那些老鼠智力非凡,于是展开道德劝诫。他让老鼠们围到一起,然后给它们读克尔凯郭尔。很快,每只老鼠都实现了各自信仰的飞跃,皈依了上帝。简言之,它们从实验室老鼠变成了教堂老鼠[2]。"

"你是不是有病?"格罗斯诺斯失望地哀嚎,"这太知识分子气了。你和我是知道克尔凯·郭尔,但你觉得普通老百姓会

---

1 康斯坦蒂诺斯·卡瓦菲斯:希腊诗人。
2 "教堂老鼠"(church mice)在英文中有"一贫如洗"的意思。——编者注

认识那个服毒自杀的希腊人吗[1]?"

"行吧,"我说,"要不这样,后来恩特威斯尔把那些老鼠训练成了滑冰高手,开始在美国巡回表演,取名'白鼠溜冰团'[2]。在电影结尾,一支会滑冰的老鼠歌舞队,一边打着小手鼓一边唱着《等待罗伯特·李》。"

我不知道格罗斯诺斯有没有被我的奇思妙想打动,但他确实问过我,如果把故事里的老鼠改成侏儒,我们是不是要换成更大的手鼓?后来我发现,厕所里确实有一扇打开的窗户,于是我跳到第七大道上,回家吃了两片安眠药后就上床睡觉了。但在那之前,我在所有的捕鼠夹上都放了新鲜的奶酪。

---

1 此处格罗斯诺斯不认识宗教哲学家克尔凯郭尔,误以为"郭尔"是其姓氏。实际上克尔凯郭尔是丹麦人,也并未服毒自杀。——编者注
2 原文为 MiceCapades,与"溜冰团"(ice capades)读音相似。——编者注

Story 12

使劲想，
会想起来的

就保健食品店而言,"动脉硬化商店"的可靠程度无出其右。上周,我在这家价格不菲的营养品商店逛来转去,想找一些能增强活力的药草或植物根茎,以清除在我体内筑巢的自由基[1]家族,我看到一瓶红色液体,金环蛇似的盘踞在人参和紫锥菊之间,瓶上标有一个雷·布雷德伯里[2]式的名字:脑力士。我把它从壁龛里取下,包装上声称这是一款解渴饮料,富含银杏叶和各种抗氧化剂,据说能增强记忆力。"快想想,"瓶身标签上的广告语写道,"你的车钥匙在哪儿?当当当当,方可寻公司的脑科医生们研发出了'脑力士',专为此类情形助力。"标签上还有几行小字,在电子显微镜下清晰可见:"此款开胃饮品宣称的神奇功效尚未通过食品和药物管理局检验。"还有:"本产品并不用于诊断、治疗或预防任何疾病。"至于它可否用于去除肉汁污渍或疏通下水道,则尚待验证。尽管如此,这瓶激发脑力的灵丹妙药还是让我想起了我那位可敬的同事,默里·赛佛,以及有一次他准备出门去赴晚宴的事。

---

1 人体内过多的自由基会加速身体老化,并引发各种疾病。
2 雷·布雷德伯里:美国科幻、奇幻、恐怖小说作家。

以下为其自述。

去沃瑟芬德家的派对可不能迟到。那儿都是上等人。今晚可没有以次充好的鱼子酱。阶级跃升的机会？让我去当副总裁？想象一下我手底下统领着二十四个灭虫害人员的样子。不可思议。我看起来怎么样？非常棒。新领带绝对可以惊艳全场，虽然几个高音谱号图案对他们来说可能太过新潮。给沃瑟芬德先生找到了完美的生日礼物。虽然难以置信，但城里只有哈马赫尔·施莱默商店能买到带鱼钩收纳隔层的人工心脏。且慢，看看，因为赶时间，我差点没带礼物就夺门而出了。我把礼物放哪儿了？我们来找找，嗯。放门厅桌子上了？抽屉里找了，没有。是不是落在卧室了？翻翻床头柜——太他妈的乱了。阅读灯、闹钟、纸巾、鞋拔，还有我那本慧能的《六祖坛经》。也许在我萨博轿车的手套箱里？最好跑出去看看。在下雨。哎呀，挡泥板上被划了一道。该死的骑独轮车的拉比。等等，我的车钥匙在哪儿？我发誓放在这个口袋里了。不对，里面只有一些零钱，还有伊莲妮·斯楚奇[1]那部独角戏的全黑人版演出票根。办公桌上找了吗？最好回屋里看看。最上面那层抽屉里是啥？嗯，一些信封和回形针，还有一把上了膛的左

1　伊莲妮·斯楚奇：美国白人女演员。

轮手枪,我准备在 2A 的住户又开始唱约德尔调[1]时拿出来用。好吧,我们来重新回忆一下。今天早上我开车去斯莫尔本的店里,给我的假发做保养,中途去了斯特宾斯家,把他的足弓垫还给他,接着又去上了风笛课。

欸,等一下,和我同居的那个新人女演员,就是在我们做爱时经常服用褪黑素来预防时差的那位,以前老爱吃一种高科技的保健零食,叫啥来着,哦对,"颅骨爆裂丸",据说能让记忆力暴增。可能她还留了几颗在橱柜里?啊,找到了——包装上说啥来着?"未经食品和药物管理局检验——名叫'西摩'的男性服用后,可能会有嗜睡的症状。"我就试两颗。嗯,口感不错。我喜欢大豆磷脂酰丝氨酸的味道。再来几颗?

等等,我说到哪儿了?啊对,想起来了,我把给沃瑟芬德先生的礼物落在办公室了。让秘书菲兹沃克小姐带上礼物去派对和我会合。车钥匙在灰色羊绒开衫的口袋里,开衫在门厅衣柜中的第二个衣架上挂着。我记得买开衫那天,是十六年前。那天是星期二,我穿着一条米色的休闲裤,和一件苏尔卡牌的系扣牛津纺衬衫。袜子是灰色的,鞋子是弗拉格兄弟牌的。我和对冲基金大师索尔·凯斯弗洛一起吃的午饭。索尔点

---

[1] 约德尔调:一种源自瑞士的歌唱形式,演唱时会突然用假声进入高音区,有许多"来""咿""哦"的音。——编者注

了大比目鱼，配奶油豌豆和土豆丝。他喝的是一九六四年产自巴塔－蒙哈榭园的白葡萄酒，我记得果香有点浓。餐后甜点是一份青柠雪葩和两颗餐后薄荷糖——也可能是三颗？搞笑的是，那顿饭他几乎没怎么吃。因为"合并永冻土"公司刚刚与另一家公司合并，那家公司研发出了一项工艺，可以把钢铁变成致幻的天仙子，他激动得不行。为了庆祝，我决定买单。一共是五十六美元九十八美分。不太值，因为我的海鳌虾煮过头了。

我终于来到了沃瑟芬德家的派对，刚好准时。大家都穿着得体。香槟随便喝，还有钢琴家驻场演奏《阿瓦隆》。我和莉莲·沃特福尔在温亚德港共度的那一晚，放的也是这一曲。她脱下泳衣，简直是裸体女神。她用长长的指甲扯掉我的衣服。我们的身体因为欲望而紧绷。我像一只黑豹那样慢慢靠近她。就在我们的激情即将达到顶峰时，我的腿突然抽筋了。左小腿肚？不，是右边。我发出一声刺耳的尖叫，从她身上跳下。我在屋里用一只脚乱蹦着，脸因为痛苦而扭曲。见鬼，什么事让她觉得这么好笑？老天，她越笑越来劲，还怪我把气氛搞砸了，骂我是倒霉鬼、烦人精，迫不及待地跑去给我俩的共同好友打电话说这件事。让她和她的贪污犯老公一起腐烂吧，那家伙试图把六百万美元的零钱藏进一只鞋子里。

我又想起在霍恩布洛家的那一晚。已经十五年没有想起过了。我看着艾芙露维娅·霍恩布洛在厨房烤面包。阿萨·霍恩布洛在另一个房间，正和几个哥们儿念叨着红袜队的比赛。他们那天和老虎队连赛两场，先是6∶2胜了第一场，晚上又以4∶0拿下了第二场。听着那几个老男孩在争论着好球和坏球，我把她压在水槽上，用我的舌头在她炙热的双唇间猛攻。突然我的领带卡进了搅拌机，但开关卡住了，关不上。电源插头在冰箱后面，够不到。我的脑袋一直往大理石挡板上撞。我记得自己仿佛目睹了宏伟的蟹状星云诞生。抢险救援队赶到，我被救护车带走了。接下来的两周，我只能用押韵的对句说话，频繁微笑，每隔十分钟就给自己身上抹油，以备游泳横渡英吉利海峡。那条领带是爱马仕的，要六十九美元九十五美分，这还是当时的价格。

瞧瞧，沃瑟芬德太太坐在那里，真是优雅。黑色的阿玛尼连衣裙，质朴的珍珠项链，还有那对让人眼前一亮的耳环——那是两个干缩希瓦罗人头[1]，上下嘴唇被缝合在了一起。我想到我奶奶，她和爷爷打牌时老作弊，爷爷总睁一只眼闭一只眼，后来他一只眼睛瞎了。爷爷很有才华，花了十五年时间把《安娜·卡列尼娜》翻译成儿童黑话[2]。我还记得爷爷倒下的那天，那是六月八号，晚上六点十六分。他被误诊为"已死亡"并被做了防腐处理，尽管他还能边唱《抹布与拖把》边跳

1　希瓦罗人有将死者头颅干缩保存的习俗。
2　儿童黑话：一种改变英语词尾音节的语言游戏，相当于给所说的句子加密，以秘密沟通。

肚皮舞。奶奶把房子卖了，开始全心侍奉上帝。她向教会申请封她为圣徒，但由于她不会侧方停车，申请没能通过。

钢琴师在弹奏《你让我爱上你》。我记得在妈妈肚子里的时候经常听到这首歌。这是爸爸以前整天对着镜子唱给自己的歌。我想起妈妈在出租车上生下我的场景，计价器跳到了四百八。司机名叫以斯雷尔·莫斯科维茨，很健谈。他说自己的老婆就像一大锅俄式黏粥。我记得爸妈想要双胞胎。当发现就我一个时，他们无法接受，崩溃了。一开始的几年，他们把我打扮成双胞胎，让我戴两个帽子、穿四只鞋。直到今天，他们还会问我切斯特的事。

感谢你让我们度过了一个美好的夜晚，沃瑟芬德太太。对了，你在我们讨论艾米莉·狄金森的生平时，一直没想起来的那个名字是布龙科·纳古尔斯基[1]。离开派对的时间正好。"颅骨爆裂丸"的药效开始消退了。不过我无疑是当晚派对上的大红人。我找到了高达奶酪和火山岩肥皂，答对了利奥·戈尔塞[2]和于连·索雷尔[3]的名字，一字不差地背诵了狄摩西尼[4]痛斥马其顿国王菲利普的演说，想起了五十七街和第三大道路口

1　布龙科·纳古尔斯基：前美国职业橄榄球大联盟球员。
2　利奥·戈尔塞：美国演员。
3　于连·索雷尔：法国作家司汤达名著《红与黑》的主人公。
4　狄摩西尼：古希腊演说家、政治家。

的那家施拉夫特餐厅，哼了"小老鼠鲍威尔"[1]的主题曲，又答对了曼纳汉姆·施内尔松[2]、先驱之子[3]和血腥吉普[4]的名字。等等，我的车他妈的停哪儿了？

1　小老鼠鲍威尔：美国女演员黛安娜·刘易斯的绰号。
2　曼纳汉姆·施内尔松：又称卢巴维奇·曼纳汉姆·门德勒，犹太原教旨主义运动领导人，改革派拉比。
3　先驱之子：成立于20世纪30年代的美国乐队。
4　血腥吉普：原名哈里·霍罗威茨，曾活跃于纽约的黑帮人物。

Story 13

抱歉,
谢绝宠物

从狄摩西尼取出嘴里含着的小石子[1]，往雅典的肥皂箱[2]上一站，通过鼓舞人心的演说让民众沸腾的那一刻起，很明显，铿锵有力的话语就具有振聋发聩、直抵人心的巨大力量。想想在葛底斯堡的林肯、在猛烈的空袭下让被围困的英国人振作起来的温斯顿·丘吉尔、勇于直面恐惧本身的富兰克林·罗斯福，更不用提被《赫芬顿邮报》称为"也许是麦莉·赛勒斯[3]说过的最重要的话"的那段发言。

这位性感撩人的超级明星，在一次记者会上，如同装有热追踪装置的导弹，精准地锁定了"性关系"这一话题。她那段足以比肩托马斯·杰斐逊和托马斯·潘恩[4]的宣言，公开鼓吹了彻底放纵的性自由：

"任何自愿的行为我都可以接受，只要不涉及动

---

1 传闻狄摩西尼从小结巴、咬字不清，后来通过往嘴里塞小石子来训练发音，终于成为杰出的演说家。
2 站在肥皂箱上即兴演讲的习俗源于19世纪伦敦的海德公园。
3 麦莉·赛勒斯：美国歌手、演员。
4 托马斯·杰斐逊：美利坚合众国第三任总统，《美国独立宣言》主要起草人。托马斯·潘恩：美国思想家、作家、政治活动家，著作《常识》极大地鼓舞了美国独立战争中的士气。

物……"

这番只在人兽性交上踩刹车的淫荡宣言，让我想起了另一位真性情的自由思想家，在此我要退居幕后，让这位女士自己把这件骇人之事和盘托出。

哇哦，人生真是无法预料。看着用8毫米胶片拍摄的安柏·格鲁布尼克儿时与金毛猎犬"羞羞"在青草地上嬉戏的家庭录像，谁能想到，她为"尸检唱片"录制的首张专辑会成为白金唱片。我不是说专辑封面上我那张脱得只剩下盖世太保臂章的裸照对销量没有任何帮助，毕竟我们要面对现实：我是个性感小妞。倒不是说我像"维多利亚的秘密"的超级模特一样，有着能证实上帝存在的身材，不，我的魅力完全来自邻家女孩式的聪慧淳朴，以及百无禁忌的个性。

我的第一位经纪人，瓦克西·斯利斯曼，总忍不住对我毛手毛脚。瓦克西发掘我的时候，我正和一支名叫"有毒废弃物"的摇滚乐队在市中心的"新兴肿瘤"廉价酒吧里演出。顺便说一下，我的贞洁并非谣传的那样是被瓦克西夺走的，因为更早之前，在"干呕"汽车旅馆一座被困的电梯里，我的花苞已被"猪流感"乐队的主唱卢瑟·海德凯斯采摘。但真正开启我歌唱生涯的人，是夏基。我得说，我和他做情人的六个月里，他教会了我不少有趣的新体位，而我相信那都是他从孟买的一间寺庙的壁画里学来的。是夏基介绍我认识了英国人奈杰尔·皮尔比姆——这位了不起的星探、经纪人兼唱片制作人，正是我首张专辑的幕后功臣。我还记得在喝下午茶时，他和他的情人宾科德小姐提议我们三人行，当时我别提有多惊愕。当然，我之所以这么震惊，主要是因为我是一个害羞的人，并且从小接受主日学校的教育，我挣扎了很久，才克服了自己天生的腼腆，最终从手提包里取出刚好带着的几条锁链和一个振动器。在我的专辑大卖以后，我离开纽约，开启了盛大的巡演。正是在那时，我认识了全球知名的花花公子，波菲里奥·莫斯皮特。他有自己的湾流飞机，并很快让我也成了"机震俱乐部"的一员。他把飞机设置成自动驾驶模式，然后和我在四万英尺[1]的高空做爱。之后他接管了飞机的操作，而我则和自动驾驶仪做爱。波菲里奥痴迷于密宗修行，并可以持续做爱到永远。有一天我们连着做了十六个小时，结束时我在床上寻找他的身影，但他已化成一堆尘土。在波菲里奥之后，我又和纳特·平奇贝克好上了，他是教哲学的。纳特喜欢玩角色扮演。我们会在他家吸大麻，他会假装自己是维尔纳·海森堡[2]，而我会穿上丁字裤，时而扮作粒子，时而扮作波，他会因为无法确定我的确切位置而异常兴奋。一天晚上，他问我要不要去参加一个派对，他一如既往地没有提到"群交"这个词。作为一个

1　1英尺约等于30.48厘米。——编者注
2　维尔纳·海森堡：德国物理学家，量子力学创始人之一。

总是喜欢尝鲜的人，我在一间屋子里和二十五个赤身裸体的来宾做了，感觉还行，不过一次和十二个以上的人做爱对我来说过于缺乏人情味了。

那天晚些时候，我和几个朋友一起去附近一家叫"消防隐患"的小酒吧喝点开胃酒。我在那里不禁注意到一位身材修长的亚裔女人，她独自喝着酒，似乎在打量我，用她的眼睛脱我的衣服。她用左眼脱掉了我的裙子和上衣，又用右眼脱掉了我的内衣。她走到我身边，向我耳语了几句。我说她的提议很倒胃口。虽然我并不真的对性虐恋感兴趣，但我不想显得太保守，或让人觉得我是一个扫兴鬼，会抱怨被人绑着、套上面罩、被打个半死这种事。她叫费伊·玲·阿普伍德，我们一起搬进了一间豪华的高层公寓。我们床上方的天花板上有一面镜子，为了让你知道我们的关系有多么火热，我可以告诉你，我们在沙发、餐桌、大楼门厅和电梯上方的天花板上都挂了一面镜子。我记得有一次我们受邀去看在贝尔蒙特举办的赛马，在第七场比赛开始前被带去马厩进行私人参观，这时我刚好发现夺冠大热门博尔德·冯茨正从它的马棚里盯着我看。我不是说它表现得有多明显，但请相信我，被打量时我能感应到。这时费伊·玲突然大发雷霆，她那双杏仁眼因为愤怒而燃烧着。

"你是不是和那匹马有一腿？"她厉声问道。

"我？说什么呢，别犯傻。"我回答。

"别骗我。"她说。我紧张得心跳加速。

"你们刚才眉来眼去的,"她控诉道,"你对它笑了,如果我没看错的话,它还对你眨了眨眼。"

"你真是疯了,"我据理力争,"我和你说过很多遍了,任何自愿的行为我都可以接受,只要不涉及动物。"

"我不相信,贱人。"我的另一半大叫一声,踩着高跟鞋大步流星地永远离开了我的生活。

好吧,我被人甩了就算了,但我不该口无遮拦,因为作为一位名人,说出口的任何话都会成为新闻。第二天,你们可能也知道了,我那句话被媒体大肆报道,标题是《性感歌星搞歧视:要和动物划清界限》。报道还附上了一张合成的假照片:我满脸无动于衷地看着一只大丹犬、一条金鱼,还有普瑞克尼斯赛马锦标赛的冠军。美国有线电视新闻网突然给我打电话,问我要不要上节目为自己那些政治不正确的言论辩解。紧接着便有人在我的演唱会上抗议,说我搞歧视,我的专辑也黄了。情急之下,我的公关罗斯·戈尔贡恳请我公开道歉,就说被引用的那句话是断章取义,我只是和某些动物划清界限,比如河马和小林羚。我猜自己公开低头认错的态度,多少平息了野蛮群众的怒火,因为慢慢有歌迷开始回心转意并原谅了我,但这整件事确实对我的心灵造成了很大伤害。比如有一次,我正在我表妹埃尔茜家安静地吃着晚饭,她养的八哥突然对我使了个眼色,然后说:"嘿亲爱的,明天要不要和我去凯雷酒店

601号房会一会？记得穿网袜！"

我本有些不情愿，但接着就在日程表上记下了这一安排。毕竟我实在不想让那些鸟类学家说我是个偏执的人。

Story 14

钱能买到幸福,
才怪

经济一片萧条,雷曼兄弟公司倒闭后,利特维诺夫的工作也丢了,面对着眼前的选择,他陷入了痛苦的纠结。他是该赌上一切,买下马文花园[1],还是把钱留在免税债券里,直到他经过起点[2]?那天道琼斯指数又暴跌了一百点,他的一位同事走到免费停车区[3]时突然心脏病发倒下了。据说那人抽中了一张写着"你在选美大赛上赢得了二等奖——奖励十美元"的卡,但他没申报这笔收入,现在国税局发现那十美元被藏在一个境外银行账户里,并已就此展开调查。当利特维诺夫走到这块顶级的黄色地皮时,他的手直发抖。他给自己在摩根士丹利工作的朋友施纳贝尔打电话,朋友建议他不要买。"没人知道市场接下来的走势,"施纳贝尔说,"如果我是你,就等上六个月。本·伯南克[4]和蒂莫西·盖特纳[5]明天要在华盛顿会面,他们讨论的议题之一便是黄色地皮。到时候我们会有更多

---

1 马文花园:《大富翁》游戏里的街区名。本篇有多处用语来自该游戏。
2 按照《大富翁》的游戏规则,"起点"指所有玩家棋子的初始位置,玩家经过起点时会拿到一笔"工资"。
3 《大富翁》游戏中,玩家的棋子停留在此区域时不会产生惩罚或奖励。
4 本·伯南克:美国经济学家,前美国联邦储备委员会主席。
5 蒂莫西·盖特纳:美国经济学家,2009年至2013年间任美国财政部长。

信息。"

六个月，利特维诺夫心想。如果我不阻止的话，到时候全部三块黄色地皮都要被施维默买去了。施维默是利特维诺夫的前搭档，他最近刚经过起点，手头现金充裕。他可以盖房子。利特维诺夫拥有两块灰色地皮：佛蒙特大道和康涅狄格大道，但他的前妻杰西卡拥有东方大道，他知道她绝不会把这块地皮卖给他[1]。他愿意提供自己在汉普顿地区[2]的房子，给前妻更多探视孩子的时间，以及水务局[3]的产权，但她寸步不让。利特维诺夫总处理不好和女人的关系。由于老是掷不出两颗点数一样的骰子，他和现任未婚妻贝雅曾大吵过一架。利特维诺夫确信她和保罗·金德勒有奸情，金德勒不知怎么说服了花旗银行，帮他融资在海滨栈道建了旅馆。金德勒之前通过交易获得了海滨栈道，这样他就有两块蓝色地皮了，但后来经济垮了，出行人数下滑，没有人造访他的地皮。他尝试过翻修房子，并计划建造豪华酒店，把每间屋子都装上平板电视，但建筑成本飙涨，工会那边又不好打交道，光是让他们盖两间房似乎都要花上几辈子的时间。就在金德勒马上要申请破产保护

---

1 《大富翁》游戏里一共有三块灰色地皮，分别是"佛蒙特大道""康涅狄格大道"和"东方大道"。玩家若拥有所有同色地皮，不仅可收取更高的租金，还能再"盖房子"，赚取更高租金。
2 汉普顿地区：纽约长岛真实存在的区域，并非《大富翁》游戏里的地名。
3 水务局：《大富翁》游戏里的地标，玩家走到水务局时需要根据骰子的点数付给所有者相应的金额。

时，高盛集团的布雷斯劳从圣诞派对出来，醉醺醺地往家走，走到了盖有三间房子的帕克广场上。就这一下，布雷斯劳突然要交一千一百美元。他恳求金德勒宽限几天，但金德勒刚抽到了一张写着"缴纳一百五十美元教育税"的卡牌，也急需用钱。由于不想抵押自己的地产，布雷斯劳借了高利贷。因为无法按时还款，他们威胁要打断他的两个膝盖骨。最后他只能妥协，把圣查尔斯广场给了他们，换得他们同意只打断他的一个膝盖骨。

布雷斯劳的老婆丽塔很性感。他们的相遇是好莱坞编剧所说的那种"浪漫邂逅"。他抽中了一张写着"搭乘雷丁铁路火车"的卡牌，而她也抽中了同样的，于是他们坐了同一节车厢。一开始他们相处得并不融洽，但在几杯酒下肚后，她脱掉衣服，向布雷斯劳解释"风险与回报比"的概念，他爱上了她。丽塔陪他渡过了一次经济危机，其间道具被重新分配，而布雷斯劳想要那顶银色礼帽[1]。当礼帽最终落入利特维诺夫之手时，布雷斯劳失望极了。他被迫收下了顶针，医生说这件事导致了他的抑郁症，并对他进行了持续数年的高强度心理治疗。精神恍惚之下，他没注意到有人走入了他的地产，在下一个玩家掷完骰子后他才开始索要租金，这一行为引发了一场复杂的

---

[1] 礼帽和下文的顶针都是《大富翁》游戏里象征玩家身份的道具。

诉讼("帕克兄弟公司[1]诉教育委员会案")。

卢·戴姆勒又是另一番光景。他从小家庭贫困,发誓要出人头地,可当他提议引入紫褐色和紫红色的地皮时,一些人觉得他很有远见,剩下的人却觉得他是一个傻瓜。他在哈佛拿奖学金上学,并爱上了一个波士顿女孩。女孩家拥有三处绿色地皮,当然,全盖上了酒店。他们本以为戴姆勒是想靠女方的家产不劳而获,可他抽到了一张写着"银行犯错,让你捡便宜——奖励两百美元"的卡牌,用这笔钱创立了一家互联网公司。曾有人出六十亿美元收购这家公司,被他拒绝了,除非买家能再加上至少一张"免费出狱卡"。此外还有在四方集团工作的波切尼克,他拥有几处廉价地产,现已申请破产。财政部官员发现他在棋盘底下藏匿了数十万美元(全是亮黄色的五百美元大钞[2]),他原准备把它们转移到瑞士的银行账户。可怜的波切尼克在五十八岁那年发现,自己不仅丢了工作,还破了产,于是吞下了一瓶安眠药。他的遗书说得很清楚:"我把地中海大道留给我挚爱的妻子,克莱尔。但愿两美元的租金收入能让你继续过你已经习惯的生活。"

最后一个悲剧故事来自米洛·沃比奇。在美林证券被收购后,沃比奇把全部家产都塞进了自己的床垫。所有的存取款

---

[1] 帕克兄弟公司:《大富翁》游戏的发行公司。
[2] 《大富翁》游戏里,面值五百美元的钞票是黄色的。——编者注

都通过他的丝涟美姿床垫进行。后来新一届政府从刺激经济的方案中拨出二十亿美元，专门留给把钱装在床垫里的人，按床垫大小分配金额。沃比奇有一张大号双人床，因此收到了丰厚的补贴。他决定迎娶自己青梅竹马的恋人，可在他履行一张写着"后退三格"的卡片指令时，她却不愿意等他。他后来再也追不上她了。如果说这还不够糟糕的话，他又走到了"进监狱"那一格。他在牢里待了好几年，最后挖地道逃到了伊利诺伊大道，一位朋友带着一架赛斯纳私人飞机和一本墨西哥护照在那里接应他。他计划直接飞过帕克广场和海滨栈道，从而避开高额的租金，然后在墨西哥的库埃纳瓦卡降落。不幸的是，他的飞机燃油耗尽，被迫降落在了宾夕法尼亚大道上，他在那里与联邦特工展开枪战，最终中弹身亡。

Story 15

当你的车标是尼采时

有观点认为,美国正日渐低能化,这不无道理。要验证这一诊断,只需打开电视、摊开报纸,或和一位女演员聊一聊营养学即可。但根据我在《纽约时报》上读到的一篇文章,有一样东西没有低能化,那便是汽车。这些精巧的四轮小车现在不仅能自动驾驶,而且科技界还传闻要研发具有大脑、能做出生死抉择的汽车。比如:"我是该冒着伤害车上乘客的风险,来一个急转弯,以避免碾轧从我前方经过的老妇人,还是该以乘客的利益为重,直接一头撞飞老奶奶的假牙?"很明显,充满未知风险的道德灰色地带令人不安,或者这么说吧:当我的别克轿车被赋予了和尼古拉·斯塔夫罗金[1]一样的自由选择权时,那可得当心了。既然我提到了这位俄国老伙计,那我们就来看看,他的自白能否比下面这番话更引人入胜。

我的外表很有欺骗性:流线型的车身,两块造型优美的挡泥板,非同凡响的悬架系统,极佳的减震器,以及一对登上过《体育画报》泳装特辑的车头灯。可想而知,任何一个原始

---

[1] 尼古拉·斯塔夫罗金:陀思妥耶夫斯基的小说《群魔》中的人物。

人都会以为，拥有这样的车身，我的脑袋想必不太聪明，但他们大错特错。首先，我受过非常扎实的古典学术训练：从柏拉图到康德、维特根斯坦，任何你叫得出名字的人我都读过。更不要说那些伟大的小说、神圣经文和心理学著作。我知道你肯定在想，像我这样一辆油老虎，引用庞德的《诗章》或者弗洛伊德的名言做什么？事实是，你永远不会知道哪天需要亚里士多德或孔子的帮助，来决定是要撞上一根路灯柱子，还是撞倒一个从扎尔巴食品店里走出来、拿着刚出炉的贝果的男人。因此，当艾弗·斯威特罗走进展销厅，豪掷重金将我买下，并将我开走（或者应该说是我开车带他走）时，我简直心花怒放。能遇到一个文化水平匹配的主人是我最大的愿望。我常带他去博物馆和剧院，时不时还会去一趟哥伦比亚大学。我们从纯粹的汽车视角出发，畅谈了耶稣、荷马以及《梨俱吠陀》。当然，我需要做一些生死抉择，毕竟你买我就是让我干这个的。先是一个烦人的胖子，戴着圣地兄弟会的土耳其毡帽，拿着一瓶啤酒和一个欢乐蜂鸣器[1]，不知道从哪里横穿马路冒出来。不用想，我显然不会为了他紧急刹车，让斯威特罗先生身处险境。我冷静地保持前行，从那个莽汉的一条腿上轧过，让他发出了一个人在降落伞无法打开时会发出的声音。在史特宾日[2]

---

1 欢乐蜂鸣器：一种用来整人的小玩具，可以藏在手中，与他人握手时蜂鸣器会发出振动，以惊吓对方。——编者注
2 史特宾日：德裔美国人的节日，每年9月在纽约举办特色游行。——编者注

游行的那天下午,我面临的抉择就没那么轻松了。当时四个穿着德式皮短裤的男人正走在回家路上,他们闯红灯横穿到了我的行进路线上,让我陷入了两难。如果只能拿四条命换一条命,我是否还应该保护我的主人?功利主义者会选择救更多人的命,但我实在受不了那些皮短裤。就在我纠结着如何把伤亡降到最低时,我撞上了其中一个叫埃米尔的男人,并用他的头、一位修女以及一栋楼的侧面,完成了台球中的"借球"[1]动作。当一位我认识的世界级大提琴演奏家,骑着自行车突然超车到我跟前时,真正的考验来了。我听过他演奏的莫扎特奏鸣曲有多么美妙,因此断定,他对人类的价值高过斯威特罗。为了避免撞上他,我猛打方向盘,失控地冲上了人行道,撞穿了力克芬熟食店的大橱窗玻璃,并把索尔·格林布拉特先生直接撞飞到了他老婆的俄式荞麦粥里。可想而知,蜂拥而至的律师们有多开心。没多久,我的雨刷底下就被塞上了"出售"的牌子。

下一位买家和艾弗·斯威特罗一比,形象点说,简直是一个天,一个地。默里·安格尔沃姆[2]是一位制片人,出产的都是典型的烂片。他是那种在夸夸其谈时喜欢念叨自己名字的自大狂,比如:"于是他对我说,默里,我断言你新上的那

---

1 借球:台球术语,指让主球撞击目标球后,又使目标球撞击其他子球,并让目标球进袋。
2 "安格尔沃姆"(Angleworm)意为"蚯蚓"。

部医疗剧,《安全边际》,将会打破收视纪录。"确实打破了纪录,不过是最低收视纪录。安格尔沃姆总喜欢在车后座上帮那些胸部丰满、想当大明星的小姑娘锻炼斜方肌。他娶了一个长得像亚西尔·阿拉法特的女人,总忍不住到处拈花惹草。他承诺过戏份的女演员多到什么程度呢?这么说吧,如果要兑现承诺,他将不得不采用全女性阵容来重拍《战争与和平》。但他显然并不幸福。他常做噩梦,多次梦到自己和一个爱唱约德尔调的侏儒坐着木筏,被困在海上。他问我能否推荐一位好的心理医生,我让他不要浪费钱,我可以告诉他所有他想知道的事,没必要花八百美元去买五十分钟有如月球表面般的静默。通过我们的对话,我诊断出他患有边缘性人格障碍。他小时候曾在父母做爱时没有敲门就进了他们的卧室,还看见他父亲头上戴着麋鹿角。老实说,他的那些婚外情让我陷入了严重的道德危机。有一天,我开车送他老婆去波道夫·古德曼精品店买一条时髦的黑色连衣裙时——她穿上后就像穿着时髦黑色连衣裙的阿拉法特——我满脑子想的都是康德的"绝对命令"[1],于是我决定要做点什么。我突然开始把安格尔沃姆在各种汽车旅馆里搞过的漂亮女人全抖了出来,包括有一次他和一个色情片女星在汽车后座上时,她是如何把自己的舌头伸进他的耳

---

[1] 绝对命令:也译作"定言令式",指在任何情况下都具约束力、不取决于人的意向或目的的无条件道德义务。

朵，让他的假发就像留声机唱片那样在他的脑袋上旋转。明娜·安格尔沃姆显然深受震撼，她跟跟跄跄地走上他们别墅门口的台阶，在她摸找大门钥匙时，我看到她的手抖得厉害，以至于我到现在都不明白，她怎么就能一枪正中安格尔沃姆的眉心。

我的第三位主人是患有多动症的迪尔达利安，一位著名的物理学家，他曾证实一个人在从纸巾盒里抽出一张纸后，下一张纸巾会冒出来乃是一种视觉幻象。迪尔达利安在给他老婆找一件具有私人纪念意义的结婚纪念日礼物，于是我开车带他去了哈马赫尔·施莱默商店，那是城里唯一能买到希格斯玻色子[1]的地方。我在商店门外停下等着，打量着橱窗里琳琅满目的奢侈品：一个热核打蛋器、一对纯金打造的足弓垫，还有一架铁处女刑具。这时两个男人突然从银行里冲出来，他们提着几袋子的钱，在与人进行激烈的枪战。他们打量一番后，发现我是一辆能自动驾驶的汽车，能让他们腾出手来回击对方的火力，于是猛地拉开我的车门，飞快地蹿了进来，连上了我的电线，接着我们便飞驰而去，后面还跟着几辆紧追不舍的警车。那一刻一种奇怪的感觉涌上我的心头，一种存在的自由感。我意识到自己正在参与犯罪，我体验到了一种眩晕的快感。突然

---

1 希格斯玻色子：一种粒子，可能解释了宇宙中物质存在的原因。

间，我就像拉斯柯尔尼科夫或默尔索[1]，唯一的区别是我有座椅套。在终于感受到真实的自我后，我一路狂飙，连闯数个红灯和禁止通行标志，最终一头撞上一辆犹太教戒律宣传教育车。由于撞击力度过大，多夫·希梅尔拉比的大胡子直接被撞飞了出去并丢失在了人群之中，几个月后有人发现它已被挂在易趣网上出售。此刻，我正在传送带上，等待着汽车粉碎机把我压成一块立方体的废铁。我的建议是，下次你买车的时候，不要考虑那种会与你讨论一元论和诺瓦利斯[2]的车，买一辆有更多空间伸腿、低油耗的就行。

1　默尔索：阿尔贝·加缪的小说《局外人》的主人公。
2　诺瓦利斯：德国浪漫主义诗人、作家、哲学家。

Story 16

向上翻，绕个圈，
然后穿过去，殿下

独自在贝弗利山庄的常春藤餐厅用餐,对一位影视业高管来说,可谓以身犯险,尤其当大家都知道你有足够的权力给项目开绿灯时。因此,当侍者一路小跑过来,悄声告诉我,那位我准备在喝秋葵浓汤时对她耳朵吹气的金发小甜心打来电话,表示自己临时有事来不了时,我赶紧点了一份简易沙拉,然后把脸埋进一份《好莱坞报道》里保护起来。我刚沉浸在一篇讲述环球影业争夺《哀悼成为冰上的厄勒克特拉[1]》电影改编权的文章里,就发现一片连字符形状的阴影落在了我的面包篮上。一抬头,我就看见一个大胖子,我隐约记得这人名叫休·福斯米特[2],是一位编剧兼导演,一位电影幻象的编织工。我们公司几年前曾冒险雇用过他,让他把《月亮上的神经僵尸》(我们为《布登勃洛克一家》[3]拍的续集)改得更刺激些。据我所知,在创作了一系列导致电影一拍出来就被直接送往森林草坪公墓[4]的剧

---

[1] 厄勒克特拉:古希腊神话中的一个人物,美国剧作家尤金·奥尼尔曾著有剧本《哀悼成为厄勒克特拉》,国内一般译作《哀悼》。
[2] "福斯米特"(Forcemeat)意为"五香肉馅"。
[3] 《布登勃洛克一家》:德国作家托马斯·曼的长篇小说,曾被改编成电影。
[4] 森林草坪公墓:加州著名的公墓。

本后,他近来沦落到了二流编剧的行列。现在他全靠每周二发的四百美元救济金度日,领取这笔钱只需要他回答两个问题,"你上周有没有工作"以及"你上周有没有找工作"。

"我正想见你呢。"他说着像一只乌贼般游到了我卡座的空位上。

"如果你是想聊拍全侏儒版《原野奇侠》的事,抱歉,我们的制片计划已经排满了。"我说道,想起近来有人把一份剧情大纲裹进塔可饼里,和墨西哥菜外卖一起混过了安保。

"不,不。"他挥手否认道,"我此番推介的项目灵感可谓神来之笔,保证万无一失,到时候票房绝对是天文数字,要用哈勃望远镜才能看清。我本来打算花四万美元,自己把它制作成独立电影去参加圣丹斯电影节。但我觉得,如果能再搞来六千八百万美元的话,我就可以制作一部工会电影[1]了。"

身为一名好莱坞高管,我知道错过一部卖座大片意味着什么:我可能会收到一块无烟煤作为遣散费。于是我决定,给福斯米特片刻时间,且听听他有何妙计。

"20 世纪最伟大的爱情故事是哪个?"他问这句话时,双眼炯炯有神、布满血丝,在我的毛衣上投射出粉红色的光芒。

---

[1] 工会电影:指在影片制作过程中,主要雇用影视行业相关工会演职员的电影,一般制作成本较高;与之相对的非工会电影,即一般所说的独立电影。

"太多了,"我说,"斯科特和泽尔达[1],乔·迪马焦[2]和玛丽莲,都算。还有肯尼迪和杰奎琳[3],更不要说邦妮和克莱德[4]了。"

"我可否提名温莎公爵和公爵夫人[5]?"他问道,抢过我的巴黎水,吞下了两颗大到能给赛马当兴奋剂的药丸。

"厉害啊!"我不禁喊道。这个点子不仅极具获奥斯卡奖的潜力,还能把我们公司从几部史诗大片导致的惨绝人寰的财务赤字中解救出来,比如《西米恩神父的口水杯》以及《塞巴斯蒂安修士的双下巴》。"我眼前已浮现出了爱德华八世深陷情网的样子,"我兴奋地说道,"多么痛苦的抉择,究竟要不要为了一个离过婚的美国人放弃王位。他是要对自己的国民负责,还是要对自己的心负责?"我点了一份印有合同的餐巾纸——这是常春藤餐厅专为像这样不期而至的好创意准备的——然后开始摸找我的万宝龙钢笔。"宣传文案我都想好

---

1 指美国作家弗朗西斯·斯科特·菲茨杰拉德及其夫人泽尔达·菲茨杰拉德,两人一度被视为神仙眷侣,过着挥霍无度、特立独行的生活,最终在负债和精神压力下互相折磨,一个英年早逝,另一个被送往精神病院。
2 即约瑟夫·迪马焦,前美国职业棒球大联盟球员,1954年1月与好莱坞女星玛丽莲·梦露结婚,但婚姻仅维持了10个月。
3 指美国前总统约翰·肯尼迪和杰奎琳·肯尼迪夫妇。
4 邦妮和克莱德:美国"大萧条"时期有名的罪犯情侣,两人曾合伙抢劫并杀害数名警察,他们的故事后来被拍成电影《雌雄大盗》。
5 指英王爱德华八世及其夫人华里丝·辛普森。爱德华八世为了迎娶离异的美国女性华里丝·辛普森,于1936年12月退位。

了,"我尖声说道,"听好了:'丘比特大战王冠'。"

"只不过,这些内容我们全都不会拍。"福斯米特说道,拧开了他带来的有机秘方药的瓶盖,猛喝了一口,"不过别担心,伙计,这不是我们故事的核心。"他从裤兜里摸索着找出几张沾满墨西哥鳄梨酱的纸条。"我已经想出了一个别出心裁的故事,不会得罪那些真正拥有版权的大佬。我的律师诺兰·肯坦德[1]说,如果不这么做,那帮人要告我们简直易如反掌。"

"别出心裁?"我咕哝道。

"看看这个。"福斯米特把纸条塞进我手中。我低头瞥了一眼,然后读道:

> 淡入:一座位于伦敦贝尔格莱维亚区的宅邸。奢华的装潢彰显着主人不凡的品位和教养。挂满壁毯的大理石楼梯间、珍贵的奥布松地毯,还有主人收藏的唐宋时期的花瓶,给这个地方一种惬意的居家感。我们现在看到的是温莎公爵及夫人的临时住所。镜头前移,我们看到了公爵夫人正屈身在炉灶前,她手中拿着菜谱,煎炒着几张钞票。公爵正在

---

[1] 原文为 Nolan Contendere,与法律术语"被告不申辩"(nolo contendere)谐音,指被告不认罪但又放弃申辩。——编者注

书房休息，裁缝刚给他量完尺寸，要给他定做一把骆马绒雨伞。

公爵夫人：哦，亲爱的，我们的生活太完美了，不是吗？自打你从威尔士一把手的岗位上辞职不干，使我们的婚礼变成一桩丑闻后，接下来的日子就是不断地坐游艇出海玩、打猎，以及参加各种晚宴。对了，希特勒要是打电话来，你就告诉他，他喜欢的那些派对小礼物可以在哈洛德百货买到。

公爵（一脸闷闷不乐）：嗯。好。

公爵夫人：嘿，蓝眼睛，你最近怎么了？这几天你一直郁郁寡欢。难不成你还对松露已经过季这件事难以释怀？

公爵（神色严峻地在他那镶有翡翠的烟盒上敲着香烟）：前几天早上，我正在俱乐部里吃着鱼子酱，不知怎么，我注意到了会员们的领带。过去我一直觉得挺不错的领带打法，莫名就变得——怎么说好呢——相当粗鄙了。我试着去检查自己身上定制的佩斯利花纹领带，看我的领结是否和他们的一样绵软而杂乱，但不管我怎么把下巴往胸口凑，我的视线总会被鼻子挡住。心烦意乱之下，我飞奔到镜子前，往自己的领尖之间看了看，意识到我的人生不过是一场骗局。

公爵夫人：可是爱德华，从赫克托还是一只小狗时起[1]，"四手结"便已是英国绅士的首选。如果我没记错的话，《大宪章》里就记载了它的标准打法。

公爵：突然间天旋地转。我直冒冷汗，扯下了自己的领带，这时两位男士立马架着我的两只胳膊把我放到路边，因为餐厅有很严格的着装要求。

公爵夫人：嗯。既然你说到这儿，我记得弗洛伊德的同事阿德勒[2]曾提到过，当领带窄的那头比宽的那头垂得更低时，有些男人会感到恐慌。他认为这种恐慌与对被阉割的恐惧有关。

公爵（喃喃自语）：我必须研究出一种新的领结打法。要更饱满、更对称。欧几里得[3]——我必须研究一下欧几里得……

我从福斯米特的灵感小条上抬起头，预感到了他的故事走向，开始感到脊背发硬，就像被抹了毒药的飞镖射中。

"从你出神的表情，我能看出你对这个故事很着迷。"他说话时的眼神狂热而专注，正如人们在救世主马赫迪的画像中

---

1 "从赫克托还是一只小狗时起"：这个说法最初见于1906年的北美报纸，据说在20世纪20年代成为流行语，意为"从很久以前起"。
2 阿尔弗雷德·阿德勒：奥地利心理学家。
3 欧几里得：古希腊数学家，被称为"几何之父"。

见到的那样。他把第二页塞到我手里,让我继续读下去。

画面切到数月以后:一组蒙太奇镜头,展示公爵尝试了各种领结打法,但都不满意。试图打发时间的公爵夫人,一边看着地板上摊开的舞步示意图,一边练习着瓦图西舞[1]。

公爵:想不通!真的想不通!我本来以为问题出在布料上,于是我扔掉了所有丝绸和针织领带,定制了几条硫化橡胶的。可当我戴上它们时,领结臃肿得让杰西卡·米特福德[2]以为我得了甲状腺肿。我甚至雇了一群葡萄牙渔民为我用渔网手工编织了几条,但它们不够有格调,尽管我在泰晤士河边散步时,成功捕到了四条鲑鱼。

公爵夫人:阿尔伯特·爱因斯坦打电话来,说他可以试着教你怎么打领带,但鉴于你缺乏量子力学基础,可能没法成功。他建议你尝试更容易上手的卡夹式领带,尤其你有驾驶帆船的经验。

公爵:难道他不知道我信奉的宗教禁止我这么做吗?如果我戴了卡夹式领带,我将无法在基督教

---

1 瓦图西舞:20世纪60年代在美国流行的一种舞蹈,源自非洲一部落名称。
2 杰西卡·米特福德:英国作家、调查记者。

墓地下葬。

在放下这一小段剧本后,我的下丘脑被海啸般涌来的褪黑素淹没了[1],我觉得是时候抽身离去了。我打了个响指,准备买单走人。"我快迟到了,"我说,"我们的一档真人秀节目正在给一个四口之家做尸体防腐处理,我需要去检查一下他们的妆容。"

福斯米特恳请我跳到剧本的高潮部分,他谦虚地将之比作《李尔王》的最后一幕。

"又过了一年,"他一边喋喋不休,一边堵住我的去路,并攥紧了我的衣领,"公爵正在亚历山大港挖掘文物,偶然发现了一个等腰三角形的莎草纸残片,这给他一直在寻找的理想领结形状提供了灵感。后来,当公爵回到俱乐部时,他那些自命不凡的老伙计都在拿他开涮。'这一坨肿块,'其中一位指着爱德华的领带说道,'这个大得不像话的三角形,这个温莎结[2]——'他使了个夸张的眼色,一伙人开始哄堂大笑。只有一个人例外,他被感动了,为公爵的领带写了一篇强有力的辩护文章,当然,

---

1　下丘脑有调节睡眠的功能,褪黑素由大脑内的松果体分泌,被认为是有助于睡眠的激素,此处意指叙述者很困。
2　温莎结得名于温莎公爵,与其他常见的领结一样呈三角形,但比大多数领结都要宽。

他就是伯特兰·罗素[1]。顺便说一句,我已经和莱昂纳多·迪卡普里奥聊过了,让他出演罗素伯爵,他很感兴趣,前提是我们要在恺撒宫[2]完成全片的拍摄。这时画面慢慢黑了下来……"

就在这时,我也眼前一黑。后来有人告诉我,就在我昏迷不醒的时候,两个一身白衣的男人出现,他们带着齐全的精神病学资格证书和抓捕鳞翅目昆虫的设备,把福斯米特捆着抬进了一辆在门外等候的面包车。给这样的一个项目开绿灯,会招致很多问题,比如,"你上周有没有工作"以及"你上周有没有找工作"。

---

1 伯特兰·罗素:英国哲学家、数学家、逻辑学家、历史学家、文学家、分析哲学的主要创始人。——编者注
2 恺撒宫:位于美国内华达州天堂市赌城大道上的豪华酒店及赌场。

Story 17

无与伦比的
大脑

几天前，我跪在地板上摸找那本在我意识模糊时从指缝滑落的《海拉斯与斐洛诺斯对话三篇》，当我总算在台灯桌底下发现它时，由于过度兴奋，我一头撞上了桌子，发出了一声洪亮的回响：如果你是一个还记得 J. 阿瑟·兰克[1]标志的影迷，你应该会对这个声音很熟悉。

巧合的是，那天早上我刚在《纽约时报》上看到一篇书评，那本书讲述了头部创伤及其可能引发的"联觉"效应。这种情况是指，一个人在脑部遭到重击后，奇迹般地变成了一个艺术、科学、数学或其他五花八门的脑力技艺方面的奇才。我想起自己也曾有过一次这样的脑部奇异冒险，并已将其记录下来，以提供一份经过科学设计的书面档案，让这样的异能得以有一天在安全可控的条件下，被全部释放。

那是一个仲夏的午后，只有屠格涅夫或斯特林堡那样的人，凭着对绚丽多彩的自然景色的本能洞察力，才能贴切地加以描绘。而我，一个不喜欢云雀和蟋蟀的鸣叫，更喜欢车流轰

---

[1] 指英国的兰克（电影）公司，以其创始人约瑟夫·阿瑟·兰克命名，标志是一个人在敲一面大锣。

鸣声的都市狂热分子,正如印第安纳州珀鲁市的一位游吟诗人所说,"伴随着呼啸而过的救护车的温暖蜂鸣,漫无目的地拨动着麦迪逊大道的琴弦"。就在这时,我听到了那个声音。

"莫里斯!莫里斯·因瑟姆!"那长笛般优美的声音喊道。我转过身,看到了她,一如我大学时记忆中的模样,虽然年长了二十岁,但她的美貌仍胜过普拉克西特列斯[1]的任何大理石女神雕像。

"丽塔·莫斯金——你在这儿做什么?"我边说边神不知鬼不觉地把没吃完且正在融化的士力架塞进了口袋,动作之娴熟就连卡尔迪尼[2]看了都会羡慕。

"我刚在哥谭[3]找了个住处,"她回道,话语中充满了挑逗的意味,"我和赫西奥德分手了。我已经租了一间公寓,准备开始新生活。"

读大学时,我一直疯狂迷恋丽塔,但似乎从未有过胜算。尽管我也曾辉煌一时,比如担任橡胶玩具球队的队长,或和我的马铃薯玩偶搭档"伊沃"上演令人捧腹的喜剧节目,但似乎总无法触动这位有着撩人小龅牙的性感佳人。只有班上的诗人、知识分子和科学家,才能俘获她的芳心,进而获得直通她那辆纳什牌汽车后座的资格。

---

1 普拉克西特列斯:活跃于公元前4世纪的古希腊雕刻家。
2 卡尔迪尼:出生于英国的著名魔术师。
3 哥谭:纽约市的别称。

"我总把自己的身体献给那些与众不同的男人，"我们前往贝梅尔曼斯酒吧并灌下两杯烈酒后，她坦言道，"那些非同凡响、妙趣横生的男人。但并非只有我觉得你是个乏味的小脓包，"伏特加让她火力全开，"只要你一打电话来，翘臀女生会的姐妹们都会假装自己有麻风病。我想说的是，大学里身材好又长得帅的人实在太多了。你还记得哈维·庞德斯甘[1]吗？他现在是一位非常成功的建筑师——如果你去过以色列，见过'查泽理[2]合一广场'上那宏伟的钟楼，你就知道了。还有莫汉达斯·克拉斯特法伦[3]，他有一部剧要在百老汇上演：一部像极了《李尔王》的凶杀复仇悲剧，讲述的是麸质蛋白的危害。更不要说我的三位前夫，他们都在各自的领域有着非凡的才华。沃德·斯贝尔切克[4]是一位心理医生，他的专长是女性的性欲研究。他写过一本权威著作，《如何在廉租房里获得性高潮》。当然还有我那位伟大的白人猎手，阿蒂库斯·万奇。我们在肯尼亚游猎时邂逅，又去了塞伦盖蒂平原度蜜月。不幸的是，在他的来复枪卡壳时，一只狮子猛冲向他，把他逼到了一棵树上。他在树上一待就是七年，我们的婚姻也因此在法律上自动作废。"

---

1 "庞德斯甘"（Pondscum）有"社会渣滓"的意思。
2 查泽理（Chazerei）：意第绪语里"毫无价值的垃圾"的意思。
3 "克拉斯特法伦"（Crestfallen）有"垂头丧气"的意思。
4 原文为 Word Spellcheck，有"检查拼写"的意思。

"可惜我没能在你离婚期间遇到你。"我惊叹于她那瓷器一般的面容,时光老人竟没有在上面留下任何印记。

"结果都一样,"她说,"你怎么都没有机会的。希望你不要误会,但你永远都是一只没有任何才华和独特之处的无趣小蟑螂,就像门斯特奶酪一样索然无味。"

"你不用有所保留,"我说,"没必要把你对我的评价用委婉的方式美化。"

"对我来说,男人必须独特,"她接着说,又灌下一杯俄罗斯土豆佳酿[1]。"我的上一任丈夫是位发明家。他设计了一款可以用来给鱼去骨的平板电视,赚了几百万。后来可怕的事发生了。他去哥伦比亚长老会医院接受常规的阑尾切除手术,结果因为没能打开降落伞,让我成了一个有钱的寡妇,一只风韵犹存、性欲旺盛、被钱淹没的性感野豹。你现在做什么工作?"

"我不知道你知不知道八十六街上的那家木瓜汁摊儿。"我像克拉克·盖博[2]那样,自信又内敛地扬起眉毛,但接着却没能让眉毛归位,"我们的木瓜汁非常清爽,椰奶也是。"

"你有一家木瓜汁摊儿?"她难以置信地问道。

"也不能说是我的。听着,我一直没有毕业。我不得不离

---

1 指伏特加。
2 克拉克·盖博:美国男演员,代表作有《乱世佳人》等。

开了学校。如果你还记得，当时宝西缇·诺克斯怀孕了，我做了一件很有风度的事——我用硫酸消除了指纹，然后逃亡到了拉脱维亚。"

"谁能想到，"她温柔地说，"多年以后，我们在一个点着烛光的幽暗酒吧里又碰面了。我性感依旧，仍在寻找那位不落俗套的真命天子；而你，虽已近风烛残年却仍不失本色。好吧，也许你是有一点啤酒肚，可能还有些骨质疏松，但戴在头上的那顶岱内尔牌假发加上那空洞的眼神，你还是原来的莫里斯。"

"我依然爱着你，"我说，"既然我俩现在都是自由身，我们可有机会在一起？"自从上次在洛氏皮特金影剧院，那位坐在我前面的女士因看了马克斯兄弟的闹剧表演而笑得喘不上气，最后不得不被人抬出去之后，我就再没听过这么大的笑声了。她一边笑，一边拿着账单起身要走。

"我来付，"她断然说道，"凭你榨热带水果汁赚的钱，得榨到手肘发炎才能付清。"

我本想大闹一场，把账单从她手中抢过来，但冷静下来想了想，这样使用蛮力，会显得过于霸道和大男子主义了。

"那我来给小费好了，"我说着打开钱包，准备寻找二十五美分的硬币，这时几只吉卜赛蛾从钱包里飞了出来。

从酒吧出来以后，我步行送她回家。我和她闲聊了一路，试图通过讲在海豹突击队短暂服役的经历（每当我们的人完成任务后，我就丢鱼给他们吃），让她对我刮目相看。到了她公寓门口，我想过要偷偷吻她一下，但我注意到每当我靠近时，她都会握紧那罐她随身携带的防狼喷雾。她向我道别，解释说很想请我进去坐坐，但天色已晚。在感谢我治好了她的失眠以后，她向我道了晚安。说完她打开家门，于是，就像维吉[1]的照片里拍的那样，她撞上了一个正匆匆忙忙将她家贵重物品装袋的盗贼。她紧紧抓着我的胳膊，然后把我往前一推，让我去对付那个魁梧的歹徒。就在那时，我意识到命运给我——莫里斯·因瑟姆发了一副好牌。我的机会来了，只要我能上演大卫击败巨人歌利亚（盗贼版）的好戏，丽塔就会视我为英雄，我就能打破魔咒，和她终成眷侣。我多年的功夫训练，如今终于要喜迎丰收了。我如美洲豹般一跃而起，迅速摆出了经典的格斗姿势：气势汹汹地微蹲，抬起双臂，我的手就是致命武器，已经准备好把任何胆敢来犯的人无情劈砍。

我发出了一声令人胆寒的日式战吼，接着一个类似煎锅的东西划出一道巨大的弧线，落在了我的头上，就像"横贯大陆铁路"通车时被钉入铁轨的"金道钉"[2]。之后我便失去了意识。在小睡片刻并梦到自己对着一群白老鼠唱音乐剧《天上人

---

[1] 维吉：美国摄影师阿瑟·费利格常用的化名。他以第一时间拍摄犯罪现场的照片闻名。
[2] 1869年，美国采用18K金制成了"横贯大陆铁路"的最后一颗道钉，以纪念铁路正式竣工。——编者注

间》里的那首《独白》后,我在丽塔的沙发上醒来,发现歹徒已经逃走。除了头上隆起了一个猕猴桃大小的肿包,我并无大碍。

"可怜的家伙。"丽塔安慰道,同时把一个冰袋按到我的大脑额叶上方。

"他用锅砸你的头时,我必须承认,我不得不努力抑制自己大笑的冲动。我是说,这简直像滑稽剧里演的那样,太经典了。你像一大袋湿粕那样倒下了。幸好我带了防狼喷雾,不然那个坏蛋现在还在偷我家的餐具呢。顺便说一下,我要是你的话,会去问问柔道课能不能退款。"

"我没事,"我说道,并不理会她的揶揄,"好在我的头够硬。对了,你知不知道,在公元前442年的11月12日,那是一个周二,苏格拉底在雅典吃的午饭是羊肉和烤土豆?"

"啥?"她问道。

"而在1856年的同一天,陀思妥耶夫斯基午饭吃的是基辅炸鸡、罗宋汤,配菜是黄油焖胡萝卜。"

"你到底在说啥?"她问道。

"随便给我一个历史人物和时间。"我迫不及待地说道。

"啥?为啥?"

"你照做就是。"我说。

"弗拉·安吉利科[1],1446年3月5日。"她脱口而出。

"晚餐吃的是香煎鲈鱼和意大利面配西蓝花,甜点是提拉米苏,另外我想他还喝了一杯双份意式浓缩咖啡。"丽塔此时已目瞪口呆。"我们再来说说托马斯·阿奎那[2],1255年4月7日,周三,托马斯点了两个荷包蛋,但后来退了,因为他说要把烟熏三文鱼放在旁边,而不是切碎了放进去。"

"我的天哪,莫里斯,你可以说是一位奇才了!"她说。

"1685年8月5日,周日。莱布尼茨本来想点鸡肉馅饼,但他正在控制体重。他强迫自己点了一份什锦蔬菜沙拉,但店里配的酱是罗克福干酪,于是前功尽弃。"我越说越来劲,"1591年1月6日,周五。克里斯托弗·马洛[3]和朋友们共进晚餐,吃的是鹅肉搭配苹果酱和卷心菜丝。他是在一家德国餐厅吃的。尽管这顿饭是沃尔特·雷利爵士[4]预订的,但最后买单的人成了马洛。"

丽塔此时已经站了起来,眼中含着泪水。你能看到她一脸的惊叹和钦佩。"哦莫里斯——我从未遇到过这种事!这是怎样的天赋啊!如此非凡的头脑!"

"1604年7月6日,周一。埃尔·格列柯点了一份蛋花汤,

---

1 弗拉·安吉利科:本名圭多·迪·彼得罗,意大利文艺复兴时期的画家。
2 托马斯·阿奎那:意大利经院派哲学家、神学家。
3 克里斯托弗·马洛:英国剧作家、诗人、翻译家。
4 沃尔特·雷利爵士:英国冒险家、作家。

但让人不要加味精。"

在这次令人叹为观止的突然开窍事件以后,我顺利直通丽塔的四柱大床,并开始了六个月的天堂生活。直到在谢伊体育场的一场棒球赛上,一记平飞球径直击中了我的左脑,使我又变回了普通人,丽塔便收拾行李走人了。

我仍旧在八十六街的岛上卖饮品,但我敢打赌,我是这一行中唯一还记得这件事的人:在1756年沃尔夫冈·阿马德乌斯·莫扎特写下《朱庇特交响曲》的那一个周四,他匆匆饮下了一杯凤梨朗姆鸡尾酒,还吃了两根抹了芥末酱的法兰克福香肠。

Story 18

伦勃朗的马脚

"画家马"贾斯汀获得国际关注

据 BDRB 新闻报道,这匹马用巨大的马嘴挥笔创作的抽象表现主义画作,售价高达 2500 美元。

——《赫芬顿邮报》

一切要从去年在肉类加工区[1]举办的帕努夫尼克个人画展说起,但请允许我先做一下自我介绍。我叫厄本·斯普劳,是斯普劳画廊的老板。我的专长是冒险挖掘尚未成名的天才画家。尽管我力捧的画家里还没有一个崭露头角成为当代波洛克[2]或罗斯科[3],但通过审慎的禁食,以及在家帮人洗衣服赚钱,我始终与死亡线保有一普朗克长度[4]的距离。事实证明,欧文·帕努夫尼克,这位在我看来想象力毋庸置疑的画家,并没能如我料想的那般提升画廊的声誉。从画展举办的第一天起,我们就清楚地意识到,他的画完全卖不出去。你怎么也想不

---

1 肉类加工区:纽约的一个街区。——编者注
2 杰克逊·波洛克:美国抽象表现主义画家。
3 马克·罗斯科:拉脱维亚抽象表现主义画家。
4 据量子力学理论,普朗克长度是宇宙中有意义的最小可测长度。

到，在所有来报道这次画展的记者和文化专家里，没有一个人能想出"拙劣"以外的词来评价它。不过最刺耳的还是某位评论家给的建议，他说如果能把帕努夫尼克的画反过来挂，让它的正面朝墙，效果会更好。当然，我向帕努夫尼克保证，我对他的才华依旧充满信心，画廊也会支持他，不过，出于市场现实考虑，我们不得不裁去他作品里的画布部分，只出售画框。由于最近对我审美眼光的打击让我心烦意乱，同时也是为了躲避凶残的债主，我感到自己可能需要远离艺术行业的高压和虚伪一两天，以恢复自信，并缓解近来愈发强烈的触摸供电轨的冲动。

于是，在一个周六，我开着车，前往宾夕法尼亚州的一家乡村旅舍，据说那里有着安宁的环境、可口的食物，可能还有令人愉快的观鸟活动。虽然出发时晴空万里，但没过多久，我抬头发现天上已乌云密布，接着便开始下起了小雨，我不得不把车停在一家农舍前问路。我那像赛马场上教你下注的小贩一般精确无误的GPS，将本该去往巴克斯县的我，带到了尼亚加拉大瀑布的方向。

农场主是一个叫麦克法蒂什的怪老头，非常和蔼可亲，请我进屋喝一杯热腾腾的雾气。他的住所充满了质朴的乡村气息，但我不禁注意到，抛开灶台、白镴器具以及手工刺绣，他杂乱无章的屋里竟摆放着几幅叫人惊叹的画作。其中有画风阴郁的风景画，让人仿佛身临其境；一幅静物画，篮中的苹果看上去重如炮弹；还有杂技演员和芭蕾舞者，个个活力四射；而那群嬉戏的宁芙与萨堤尔[1]，画风极具独创性，令我大为震撼。所有的画作都功力不凡，应出自一位足以与米罗[2]相媲美的色彩大师之手。我瞠目结舌，已多年未见这么令人难忘的作品了，便问画家是谁。麦克法蒂什说："哦，那些都是沃尔多画的。"

"沃尔多？哪个沃尔多？"我问，"他姓什么？"

"哪有什么姓。"他哈哈大笑道，从摇椅上站起身，把我带到一个牲口棚，一匹用来拉货的跛脚马正大口嚼着干草。"大师在这儿呢。"麦克法蒂什喘着粗气，指了指那只四脚兽。

"什么意思？"我问，"你该不是说，那些都是它画的吧？"

"没法让它干活。它把该死的时间都用来画画了。"

见我拒绝相信是那匹马画了所有的画，特别是那幅戴安娜·弗里兰[3]的肖像画，麦克法蒂什拿出一块空白的画布放在地上，并给了沃尔多一支笔。只见那畜生用牙咬住画笔，一边嘶鸣，一边画下了我见过的最令人心情沉痛的耶稣受难像。

麦克法蒂什，这位像凯特尔爸爸[4]般淳朴的乡下人，完全

---

1 宁芙：希腊神话中自然幻化的女精灵。萨堤尔：希腊神话中同时拥有人类身体和部分山羊特征的男神。"宁芙与萨堤尔嬉戏"是西方画作中的经典主题之一。
2 胡安·米罗：西班牙画家、雕塑家，超现实主义的代表人物之一。
3 戴安娜·弗里兰：美国时尚专栏作家、时尚编辑，出生于巴黎。
4 凯特尔爸爸：《乡下夫妻》系列电影里的人物。

不知道自己拥有的是什么，以至于我只花了六百块就让他心满意足地把沃尔多和它的全部作品，包括所有"蓝色时期"[1]的伟大作品，一齐转手给了我。欣喜若狂的我火速赶回纽约，做好安顿沃尔多的各项安排，并着手准备它的个人画展。唯一让人不放心的，是画家有四条腿和一条尾巴这件事，这可能会把一切变成单纯的猎奇，进而严重降低其市场价值。一阵狂乱之中，我连忙杜撰出了一位子虚乌有的天才，为其赐名弗拉·利波·范斯特布鲁，并用花体字给每张画署上了他的大名。现在我只需打开画廊大门，往边上一站，开始卖画就行了。哎呀，那还不赚翻了！大琼斯街上人声鼎沸，猜猜这时谁走进了斯普劳画廊？正是好莱坞电影公司的大老板，哈维·纳吉拉。纳吉拉凭借奥斯卡获奖影片《来自冥王星的裸体僵尸男女》成了一位兆亿富翁。他最近刚买下了杰克·华纳[2]位于荷尔贝山的老庄园，正在改造，准备把原来的几个奴隶房改成网球场，并把宅邸按照路易十六混搭克罗马农人的风格来装修。为了树立自己货真价实的阶级地位，纳吉拉开始收藏艺术品，他买下了六幅弗拉·利波的画，使其成了好莱坞艺术品鉴赏圈中最炙手可热的画家。从马利布市到贝弗利山庄，收藏家们人手一幅他的画，还有许多人热切希望能见见这位天才，若是可能，再委托

1　蓝色时期：一般指著名画家毕加索形成自己创作风格的第一个时期。
2　杰克·华纳：华纳兄弟电影公司的四位创始人之一。

他画一幅肖像。更不要说有位大明星以七位数的报价,邀请他来好莱坞给自己做顾问,那人要在即将上映的新片《画笔与屁股》中饰演丁托列托[1]。一开始我还能糊弄过去,说范斯特布鲁性格古怪,喜欢独来独往,但随着时间推移,我打的掩护没有一个能让人信服,开始有传言说,也许这一切背后另有隐情。萝丝·班西,一个专门为好莱坞小报挖掘八卦新闻的长舌妇,发表了一篇匿名爆料文章,说有人在纽约见到了这位画家的一张食品账单,其中用于购买干草的数额高得离谱,这时我开始慌了。在给我的律师诺兰·肯坦德打电话后,他安慰我说,就一宗诈骗案件而言,尽管我面临的财务索赔可能会很严峻,但被判入狱的刑期不会超过五年。就在我已经习惯把香煎阿普唑仑片作为一道菜来服用时,我突然灵机一动:一位我认识的失业演员,莫里斯·普利斯多普尼克,如今正在皇后区的里格吉托酒吧靠拧啤酒龙头为生,他可能正是我的救命稻草。在他饰演的哈姆雷特被评论家比作爱发先生[2]后,他的演艺事业碰了壁,接着他便投入了杰克·丹尼[3]先生的怀抱,以求慰藉。他原本觉得,冒充一位画家有失身份,可当他听说自己将和那些电影业大腕演对手戏时,他觉得这会是自己的职业转机,搞不好能签下三部大电影的合同,还附送房子、泳池和代客泊车

---

1 丁托列托:意大利文艺复兴晚期画家。
2 爱发先生:华纳动画中兔八哥的冤家,形象是一个光头猎人。
3 杰克·丹尼:美国威士忌品牌。

服务。

我们一边吃着腌肉,一边共商大计。在我把内部机密透露给他的两天后,普利斯多普尼克已经为角色构想出了丰富的背景故事,我们并排坐在一架前往洛杉矶的波音747飞机上,去参加纳吉拉在荷尔贝山的豪宅里为他举办的派对。

一开始还算顺利,当然,如果普利斯多普尼克没有选择戴贝雷帽和范戴克式的假胡子[1],如此明显地把角色演绎成一位三流画家,我会更满意。

他决定把弗拉·利波塑造成一个生有畸形足,同时又愤世嫉俗的自大狂,而这对于那些习惯了不那么浮夸的表演的电影人来说,稍显粗俗,因此引来了一些不悦。尽管他曾对我郑重起誓,保证不再喝混合麦芽威士忌,但我看到他为了缓解紧张,偷喝了至少五杯杰克·丹尼。最初他受到了名流和大腕们的追捧,导致这位演员接下来用力过猛,他趾高气扬,满腹怨气,演绎着他通过斯坦尼斯拉夫斯基表演体系构建的这一好斗的自大狂形象。有几位来宾开始质疑他的身份,明星J.卡罗尔·诺什指控他的匈牙利口音叛变成了韩国味道,这让他开始直冒冷汗。随着血液中的酒精浓度一下子逆转了数世纪的进化,他开始愤怒地指责起现场的来宾。

---

1 这是得名于比利时画家安东尼·范戴克的一种胡须样式,即同时留八字胡和山羊胡,并把两颊的胡子剃干净。

"我的天哪，"他嚎叫道，"真是一群肤浅的蠢材。原来这就是好莱坞的上流阶级？不好意思，我要笑死了。"

那些好莱坞大腕起初还怀疑自己是听错了，但接着，普利斯多普尼克就把纳吉拉放在壁炉架上的奥斯卡奖杯夺在手中，一脸不屑地吼道，奥斯卡奖根本不配和百老汇的托尼奖相比，而他在《雷格泰姆[1]白痴》中对阿萨·穆奇尼克这一角色的精彩演绎，本应获得托尼奖，却被别人使诈抢走了。

"你们这些西海岸的冒牌货是不是自以为很有品位？"他吼道。

"哼，这下你们要被笑话了。这些画都是一匹马画的。没错，一匹马，一匹用牙叼着画笔的马。"

这时，一位来自贝尔艾尔的贵妇从座位上一跃而起，大喊道："难怪！我拆开那幅风景画的时候，有一些燕麦掉了出来，现在我知道原因了！"

"这和《今夜娱乐新闻》里的报道对上了，"另一个人大喊道，"他们找到了一个叫麦克法蒂什的农场主。"

"那这就不是艺术了，完全是耍花招，"第三个人喊道，"就和唐人街那只下井字棋的鸡一样。"

"你可真有品位，"一位来宾指着哈维·纳吉拉揶揄道，"这真是给制片人工会下一次的会议提供了笑料。"纳吉拉的

---

[1] 雷格泰姆：20世纪初风靡一时的音乐风格。

脸涨得通红，发出弹球游戏机"倾斜"警示灯即将亮起时会发出的那种声音[1]。接着，在场很多人都意识到，自己也是同样受了蒙蔽才买了画，于是所有人的目光都转向了我。这时，有人提议找来一大桶焦油，并割开沙发垫子，取出里面的羽毛[2]。幸好我那足以媲美老道格拉斯·范朋克[3]而非老卢卡斯·克拉纳赫[4]的艺术天分救了我，转眼之间我已经从开着的一扇窗户爬出去，并跃过了高高的树篱，正是这些树篱使得普罗大众无法窥见这些上等人如何大口吞下了鱼子酱和玛格丽特鸡尾酒。之后我便火速赶到了洛杉矶国际机场，飞回了纽约。

至于要怎么处理那位马大师，我的法律顾问认为，最好还是让沃尔多就此隐退，让它像伟大的温斯顿·丘吉尔那样，将自己的绘画天赋仅作消遣之用。当然，在铺天盖地的官司平息前，我必须保持低调。尽管近来我注意到，我的猫喜欢在钢琴上嬉戏，并已成功弹奏出了一些足以与斯克里亚宾[5]媲美的小奏鸣曲，但我还是回避着缪斯女神们的召唤。

---

1 "倾斜"警示是弹球游戏机用来防止玩家有意倾斜机器以作弊的一种机制，其发出的声音也是游戏结束时常配的音效。
2 这是源于中世纪的一种刑罚，先将焦油抹在一个人身上，再粘上羽毛，以示对受刑人的羞辱和惩戒。
3 道格拉斯·范朋克：美国演员。其子小道格拉斯·范朋克后继承父业。
4 卢卡斯·克拉纳赫：德国画家。其子小卢卡斯·克拉纳赫也是杰出的画家。
5 亚历山大·斯克里亚宾：俄国作曲家、钢琴家。

Story 19

在曼哈顿长大

萨克斯结婚时太年轻、太匆忙，而且结婚的理由也不对。也许有些人二十岁结婚也过得挺好，但如果你脑中充满如入云端的幻想，现实会让你饱受摧残。新娘才十七岁，但也已比他成熟。格拉迪丝是一个长相甜美的红发女孩，聪明而稳重，渴望开始新的生活。没有人知道她为何如此着急，但胸怀艺术抱负的萨克斯带着他缤纷的幻想出现了，两人突然就有了火花。或者，只是他们自以为看到了火花。在拿到高中毕业证书的两周后，格拉迪丝·希尔维格莱德把自己那听上去傻里傻气的名字改成了格拉迪丝·萨克斯。她的新婚丈夫杰里，在给了父母一个告别的拥抱后，便匆忙离开，一头扎进了婚姻里。而这段婚姻只维持了一周的美好，之后他们的泰坦尼克号便开始进水，缓缓驶向沉没。

萨克斯在弗拉特布什长大，他们家由几个暗淡的矩形房间组成，位于一栋十层红砖公寓楼的一层。公寓楼以伊桑·艾伦[1]这位爱国者命名。鉴于它污浊的外墙、暗淡的大厅，以及

1　伊桑·艾伦：美国独立战争早期"爱国者"（革命党）阵营的主要领导人之一。

酗酒的管理员,萨克斯觉得"贝内迪克特·阿诺德"[1]这个名字更适合它。萨克斯的父母是犹太人,但他们只会选择性地遵守教规。他的父亲莫里斯,在外吃培根和猪肉,在家却严格教导儿子,说正是上帝花了六天时间创造了这个世界。萨克斯打趣说,如果上帝能多花点时间,世界不至于是现在这个样子。在他父母看来,他的幽默感属于一种天生缺陷。他的母亲露丝,是一位把发牢骚升华成了一门艺术的易怒女性。父母二人吵起架来不眠不休、震天动地,辛辣恶毒到萨克斯曾和朋友们开玩笑,说毕加索那幅《格尔尼卡》的灵感就来自他们。他迫不及待地想要搬出去,穿过那座横跨东河的大桥,去曼哈顿岛上生活。自从儿时在电影里见过地道的纽约人是怎么生活的,他便爱上了曼哈顿。和另外七千万在二十世纪三四十年代长大并涌入电影宫殿[3]逃避痛苦的美国人一样,萨克斯的启蒙也来自好莱坞的胶片童话。因此,他幻想中的曼哈顿,并不是真实的曼哈顿,而是由米高梅、派拉蒙、福克斯和华纳兄弟[4]虚构出来的。

---

[1] 贝内迪克特·阿诺德:美国独立战争时期的军官,起初为革命党作战,后来变节投靠英国。
[2] 《格尔尼卡》:毕加索的名画,展现了法西斯战争带给人类的灾难。——编者注
[3] 电影宫殿:20世纪上半叶在美国流行的一种大型影院建筑,富丽堂皇的装修和巨大的观众容量是其主要特征。
[4] 以上均为美国电影公司。

萨克斯的父亲是霍华德服装店的一名裁缝，也就是说，他是那些拿着白色细粉笔的坏脾气侏儒中的一员，被人使唤给袖口的长度做标记，或者给一个硬说自己穿32码的大胖子把裤子加宽。莫里斯·萨克斯轻蔑地把自己的工作比作老鼠药，并到处和人说，只要能抓住机会，他必定能在商界大展宏图。只不过他最终还是困在他的顶针里。他的妻子露丝，一个看上去仿佛会骑着扫帚飞行、从始至终毫无魅力的女人，不得不接受丈夫每周只赚四十块钱的事实，但她似乎很乐意在家庭聚会上向人证明他将一辈子一事无成。他们早熟的儿子杰里，梦想着有一天可以和属于自己的凯瑟琳·赫本或卡罗尔·隆巴德[1]一起生活在曼哈顿的时髦公寓里。他爱上的是《费城故事》里的凯瑟琳·赫本，虽然特雷西[2]住在费城而非曼哈顿，但这并不影响他的梦想。曼哈顿象征的是一种生活方式，即便是在费城也一样，他渴望拥有那样的生活。他和格拉迪丝说，自己要从大学退学，他的夙愿是写剧本。她认为他的梦想可行且浪漫，这两个十来岁的孩子谈了一年恋爱后，确信爱情能战胜一切，于是携手登上了泰坦尼克号，从弗拉特布什启航，驶向了婚姻的冰山。

1　凯瑟琳·赫本与卡罗尔·隆巴德均为美国女演员。
2　特雷西：凯瑟琳·赫本在《费城故事》里的角色名。

萨克斯在一家戏剧演出代理公司的收发室上班，格拉迪丝白天在一家房产中介工作，晚上去城市学院上学，为当老师做准备。萨克斯常常写作到半夜，努力向自己的偶像们看齐：契诃夫、萧伯纳，以及伟大的尤金·奥尼尔。从在收发室工作，到有一天能写出《长夜漫漫路迢迢》或《卖花女》[1]这样的作品，真可谓是长夜漫漫路迢迢，但他并不是为了商业上的成功，这一点精神可嘉。就像滋养他的那些电影里演的一样，他和格拉迪丝一开始会很辛苦，但在克服了一些严峻中不乏诙谐的问题后，他们会对困难一笑而过。在影片的结尾，我们的主人公会写出一部在百老汇大获成功的剧作，夫妻二人最终搬进了位于公园大道的一间配有白色电话的顶层公寓。好吧，事实并不完全是这样。他们实际住的公寓，自然和上东区的豪华复式房毫不沾边，而是汤普森街上一个不带电梯的拥挤单间。房间倒是温馨，富有艺术气息，且位于格林尼治村[2]内。对于一位初出茅庐的艺术家和他年轻的妻子来说，未来是可期的，只有一个问题：他们之间的化学反应很糟糕。他高中时化学就没有及格过，如今化学再次成了他的麻烦。首先，他们常常意见不合，而最微不足道的烦恼，最后都会演变成咆哮和眼泪。提高嗓门的倒不是萨克斯，而是格拉迪丝，她的脾气就像

---

1 两者分别为尤金·奥尼尔和萧伯纳的剧作。
2 格林尼治村：位于曼哈顿南部西区，曾是作家和艺术家的聚集地。

所有红头发的人一样火爆。平心而论，当格拉迪丝想和一位作家步入婚姻时，她并未料到对方会是一个喜怒无常、沉迷于工作、长期抑郁厌世的人，而且她觉得他真的太他妈的看重性生活了。他们在婚前曾有过一定的亲密接触，而她总会友好地配合，尽管她的欲望远不如他那么强烈。他曾天真地以为，在他们结婚后，真正的好戏才会上演。可他逐渐意识到，做爱这件事对她来说优先级别并不高，法定的一纸婚约并不会让她变成他想象中那个欲火焚身的杂技演员。但卧室并非他们唯一的战场。无论萨克斯如何尝试，他都无法对格拉迪丝的朋友以及他们庸俗的追求感兴趣，比如当老师、生儿育女，以及买一个窑炉。而她，对那些能给他带来快乐的人事物——爵士乐、奥格登·纳什[1]、瑞典电影，则假装不出任何热情。她分享的趣事石沉大海，他展现的幽默了无回音。可他们约会那年，从未发现过这些问题。也许，那时他们只是两个不谙世事的学生，急于离开家，渴望掌控自己的人生，于是对亮起的红灯视而不见。他母亲曾告诫他别这么早结婚，希望他能念完布鲁克林学院，成为一名药剂师。她不像儿子那样酷爱读书，也分不清他奉为神明的那些人——契诃夫也好，奥尼尔也罢。她希望儿子能追随雷克索先生和沃尔格林先生[2]的脚步。她对格拉迪丝

---

[1] 奥格登·纳什：美国诗人，以创作幽默诗著称。
[2] 雷克索和沃尔格林均为美国大型连锁药房。

没有任何意见,认为格拉迪丝是一个友好、懂事且踏实的女孩。"所以她何苦要急着结婚?"她说,"特别是和一个一事无成的辍学生。"

新娘的父母也曾对结婚一事极力劝阻,但在萨克斯把一篇讽刺小品卖给一家歌舞表演团,并在《提示》[1]杂志上收获好评后,他们觉得格拉迪丝的选择也许不无道理。最初的两年时光悄然溜走,由于他既要上班又要写作,而她在工作之余还得上夜校,命运仁慈地只给两人留了有限的时间彼此争吵。这并不是说他们没有如同初识时那样相拥而笑的快乐日子,但这些时光并不足以抵消彼此间的争执。任何平庸的电影、剧作或食物都能令她感到津津有味,而这令他不适,他觉得这是缺乏鉴赏力的表现。她则认为他太挑剔了,一箩筐的身心疾病惹人讨厌。有一次,他忍不住发脾气,称她为"低智商俱乐部成员",起因是他不得不向她解释《纽约客》上的一幅漫画为什么好笑,后来他懊悔不已,甚至无法继续写作,于是又给她买了玫瑰花以弥补过错。那时他已经找了一个给早间电视节目写时评笑话的工作,他虽然厌恶,但这份工作能让他逃离收发室,并且报酬颇丰。之后又传来喜讯,他的一部剧作被选中在外百老汇[2]剧院上演。他带格拉迪丝去托茨肖尔餐厅庆祝,那

---

[1] 《提示》:主要报道纽约当地戏剧及艺术活动的周刊。
[2] 外百老汇:指座位数在100到499之间的纽约剧院,比百老汇剧院的座位数少。一些在外百老汇首演的作品随后会交由百老汇制作。

是一家他久闻大名但从未去过的餐厅。领班扫了他们一眼，便把他们打发到了西伯利亚[1]就座。他们在那里享用了一顿美好的晚餐，走的时候，他给了侍者双倍的小费，他还给了领班、衣帽寄存处的女孩以及门童远超出标准的小费。他宁愿死，也不愿因为小费太少而出错。在托茨肖尔餐厅，他们聊到了或许可以去看看婚姻咨询师这个话题，两人都认为这值得考虑，但却从未付诸实践。

杰里·萨克斯从很早之前就有一个习惯，喜欢一边在街上散步，一边构思剧情。比起在他那台"好利获得"牌便携式打字机前苦思冥想第二幕的剧情或最后一句台词，他更喜欢在城市里漫步，让变换的风景激发他的想象力。他常在中央公园里穿梭，总爱坐在帆船池西侧的长椅上，仰望第五大道上的住宅套房和顶层公寓。他会想象什么人住在那里，好奇他们的生活是否和他从小痴迷的电影里演的一样。那些美好的人儿，是否正在塞德里克·吉本森[2]设计的布景里，一边喝着鸡尾酒，一边谈笑风生？他总在想如果剧作能在外百老汇取得成功，接着在百老汇上演，一炮而红，也许有一天，他能生活在这座他热爱的城市的高楼之上，穿着晚礼服用餐，并邀请伦特夫妇或

---

[1] 此处指糟糕的座位。
[2] 塞德里克·吉本森：爱尔兰裔美籍电影艺术总监，曾多次获得奥斯卡最佳美术指导奖。

诺埃尔·科沃德[1]来家里做客。在这样的幻想里，他的妻子又是谁呢？是艾琳·邓恩[2]？卡罗尔·隆巴德？抑或凯瑟琳·赫本？让他感到悲哀的是，那人不是格拉迪丝。他无法想象自己会和她共度余生，在她怀中死去。她很可爱，如果遇到合适的人，她会是一个很好的妻子，但他不是那个人，他也为此而憎恶自己。不久，太阳开始西沉，就像他常说的那样，落入新泽西背后的某个地方，柔和的金色光芒洒在池畔第五大道建筑的外墙上，这时的纽约再美不过了。这带给他一种忧愁，一种属于曼哈顿的忧愁，叮砰巷[3]的配乐在此悄然响起，让他感到既哀伤又喜悦。他喜欢愉快地沉浸在忧愁之中，这听上去很矛盾，但谁说一切都要有合理的解释？他会一次又一次回到那张长椅上，在脑海中播放各种能让他逃离现实的电影，直到他不得不回家，回到位于下城区的那间楼梯房，去面对他和格拉迪丝未经审视便纵身跃入的充满悔恨的誓言。如今他已二十二岁，而他们之间的境况既未改善，也未恶化，只是被时间推着往前走。托尔斯泰曾写道，"不幸的家庭各有各的不幸"，而他和妻子总能创造出新的不幸。或许是因为，他不愿和她的

---

1 伦特夫妇：美国演员、导演艾尔弗雷德·伦特及其夫人林恩·方坦，后者也是演员。诺埃尔·科沃德：英国剧作家、作曲家、导演、演员。
2 艾琳·邓恩：美国女演员。
3 叮砰巷：也译作锡盘街，以纽约二十八街为中心的音乐出版商和作曲家聚集地。

姐姐、姐夫共进晚餐——这位姐夫是位经纪人，痴迷于漂流，而萨克斯对漂流的兴趣堪比对《死海古卷》[1]的兴趣。又或许因为，格拉迪丝觉得他最喜欢的一张贝西伯爵乐团的唱片过于吵闹。而对于和她以及另一对夫妇结伴去佛蒙特州摘苹果，或者和她的哥哥一起去射箭这类事，他真是一点儿兴趣也没有。此外，格拉迪丝近来对自由派政治产生了兴趣，而萨克斯虽然也是自由派，却不喜欢陪着她去听民众高歌。但最刺痛他的，还是她说虽然眼下在纽约的生活很好，可哪天他们有了孩子，就不适合在这里抚养了。

春暖花开的一天，正值中央公园最美的季节，萨克斯坐在他最爱的那张长椅上，正琢磨着怎么才能让剧本的第一幕以笑声收尾。纽约春日的美好，是他和格拉迪丝少有的共识。她痛恨夏天，冬天在她看来也很难熬。对萨克斯来说，纽约的夏日实在美妙，人们都外出度假了，诚如拉里·哈特所说，那是属于一个女孩和一个男孩[2]的城市。他爱曼哈顿的四季：冬日的暴风雪、四月的飞鸟、秋天红绿斑驳的树叶，这一切都令他感怀。此刻他抬头注视着第五大道上的那些屋顶，理查德·罗杰斯[3]的旋律在他脑海中响起。帆船池边，一些业余的"海军上将"正用遥控器操纵着小船在水面上航行，抑或让清风接管

---

[1] 《死海古卷》：目前发现的最古老的希伯来文《圣经·旧约》抄本。
[2] 此为歌曲《曼哈顿》的歌词，作词者为拉里·哈特。
[3] 理查德·罗杰斯：美国流行音乐及音乐剧作曲家。

他们的舰队。模型船在东七十几街平静的湖面上来回穿梭。空气中弥漫着早开的金银花的香气。萨克斯沉思着,漫无目的地沉浸在谜一般的忧愁之中,想着他的剧本,想着如何让观众带着高涨的情绪进入幕间休息。他并未注意到,有人在他那张长椅的另一头坐下了。起初他并没有往那边看,直到一缕令人愉悦的好彩牌香烟的混合烟草味飘来,他才朝左边望去,于是看见了她。就像《热铁皮屋顶上的猫》[1]里一直酗酒,直到在自己脑中听到"咔嗒"一声的布里克那样,此时的萨克斯也在自己脑中听到了非常清晰的"咔嗒"一响。在离他几英尺处坐着的,是一个异常动人的年轻女孩,并且她的动人之美,正是萨克斯一直以来尤为欣赏的那种。带有乡村气息的清秀脸庞,深色的头发,深色的眼睛,紫罗兰色的眼眸,白皙的皮肤,这张脸不仅美丽,而且美得有趣。她的长发垂在肩头,几乎没化妆,且不需要化妆。萨克斯觉得她有一种波兰或乌克兰农家少女的性感,但她眼中又透着成熟的都市人的聪明。假使这一切还不够完美,她还有点龅牙:对萨克斯来说,这简直是上天的馈赠。可以说,如果他是一台弹球游戏机,那么此时所有的灯都将亮起,在响亮的铃声中,头奖的标志将疯狂闪烁。他对"一见钟情"深信不疑,曾在数十部赏心悦目的电影中,见过

---

[1] 《热铁皮屋顶上的猫》:美国剧作家田纳西·威廉斯的代表作,曾被翻拍成同名电影,由伊丽莎白·泰勒与保罗·纽曼主演。

这样的故事在近乎不可能的情境中发生。

萨克斯打心里认定,她拥有科尔·波特[1]所说的"让鸟儿忘记歌唱之物"。真的,她具备了他看重的一切特质,萨克斯心想。他对她的爱,是一个人在陌生人开口说话并让人幻想破灭之前,对其所能抱有的最大限度的爱。她身穿一件轻薄的雅格狮丹牌雨衣,敞开着,里面是一件柔软的白色连衣短裙,脚上是一双白色短袜和乐福鞋,肩上背着一个足以让所有邮差羡慕的大号单肩皮包,包里可以看到一本平装版的斯特林堡的《朱莉小姐》。她打了耳洞,戴着一对中等大小的银耳环。除了耳环,她没有佩戴其他饰品。没有手表,更重要的是,没有戒指。萨克斯并不擅长和女孩搭讪。事实上,他从未真正和任何女孩搭讪过。在认识格拉迪丝前,他有过几次约会,但通常都是和学校里认识的女孩,或者是熟人安排好的场合。少数几次,当他被拥挤的房间另一头的某个女孩迷住时,他会害羞得无法动弹。面对美丽的女人时,他总把自己看作受害者,一位在买方市场中徘徊的无能买家。两个陌生人试探彼此是否有足够多的共同点,以便未来某一天能分享同一块墓地——面对这样的情景,他无法忍受自己装出一副轻松随意的样子,他觉得这很虚伪。而且,他还总会因为自己的情欲而局促不安,他

---

[1] 科尔·波特:美国词曲作家。
[2] 《朱莉小姐》:瑞典作家奥古斯特·斯特林堡的剧作。

觉得自己的那些想法，就像四十二街时报大厦上滚动播放的新闻那样，在他的额头上一览无余。至于格拉迪丝，是她在一次新年派对上主动和他说话的。如果她没有让他把脚从她的脚上挪开，他们可能永远不会结为夫妇。萨克斯不想被人发现他正盯着女孩看，但却无法把目光从她身上移开。他努力让自己看起来只是在凝视第五大道的天际线，但总忍不住偷瞄她的脸，以使他的内啡肽和她散发出的信息素融为一体，那感觉真是妙不可言！化学反应已然令人满意。且慢——她很快就会抽完那支烟，站起身，然后从他的生命中消失。而他将回到家中，重又坐在格拉迪丝对面，和她一起吃晚饭；重又在他们的床上属于他的那一侧躺下；重又伏在他的打字机前创作虚构的故事，永远在虚构，沉没在假想的世界里。即便是现在，他也在脑中创作着一个悲剧故事：一个男人爱上了他在中央公园遇见的一个女孩，却因为羞于开口，最终只能抱憾终身。他看着她吸完最后一口烟，扔掉烟头。他突然听见一个可怕的声音，接着意识到，那声音来自他自己。

"还请不要见怪，但我不禁注意到，你在读《朱莉小姐》，我本人也写剧本，斯特林堡是我的最爱之一，因此我非常熟悉这部剧作，如果你有任何问题，我很乐意帮忙。"他的蟋蟀吉米尼[1]，一只偶尔会和他说话且总爱挑他毛病的蟋蟀，此时向他

---

[1] 吉米尼：迪士尼动画片《木偶奇遇记》里的角色，是一只会说话的蟋蟀，代表着主人公匹诺曹的良心。

表示了祝贺。"你这个笨蛋，瞧瞧，这有那么可怕吗？"这话虽是蟋蟀吉米尼说的，但不知为何，有时听上去像他妈。

"我要在表演课上演其中的一场戏。"她笑着说，笑容甜美而温暖，让他想带着她立马冲到市政厅，娶她为妻。

"这么说，你是个演员。"他说完便意识到自己的回复很不高明，有如一记软弱无力的传球。

"我在为此努力。"她说。

"这是个很棒的角色，"他说，"你看起来非常合适。"

"你真这么觉得？"

"是的。"

"你不觉得我应该再减重两磅？"

"开什么玩笑？你这样的身材，哪个男人不梦寐以求？"

"天哪，你真会捧场。"她说完哈哈一笑。

"你就是完美的朱莉小姐。如果你对这部剧的人物或主题有任何疑问……"

"我确实有一个疑问。"她说。

"尽管说。"

"你为什么一直抬头往我家看？"

"此话怎讲？"他说，"你该不会是说，你住在其中一间顶层公寓里吧？"他的眼睛瞪得就像两颗煎蛋那么大。

"我住在那儿，有露台的那间。"

"我惊呆了，"他说，"我经常来这儿，坐在这张长椅上，想象着那些住在精致顶层公寓里的人会有怎样的故事。也许有一天我会写一部关于你们的剧作，如果我有幸能了解你的话。"此时萨克斯的心已怦怦直响，仿佛献祭仪式上的手鼓。

"我和父母一起住在那里。他们很有趣，但我们之间缺乏戏剧冲突，要是作为戏剧角色，不知道是否合适。"

"你是在曼哈顿长大的吗？"

"我就出生在这里，从小眺望着帆船池长大。"

"所以中央公园就像是你的后花园。"

"我想你可以这么说，因为我和学校里认识的朋友们，从小就爱来公园玩。没理由不来，这里从不让我失望。我现在还爱来这儿坐坐，看看人来人往，抽会儿烟。我妈不让我在家里抽烟，她说烟味会渗到家具的布料里。"

萨克斯想象着她父母的公寓：那里没有塑料沙发套，没有油布，也没有油毡。她从小用来喝橙汁或巧克力牛奶的杯子，也不是用祭奠亲人的蜡烛杯改造的。

"所以，在你想写的那部戏里，我们一家有着怎样的故事？还是说，我得有一天自己去买莫罗斯科剧院的黄牛票，看了才知道？"

他喜欢她的声音，她说话的方式也很迷人。

"在我看来，你们都是美好的上流阶级，喝着鸡尾酒，聊天时妙语频出。当然，我只在米德伍德剧院、洛氏国王剧院和布鲁克林派拉蒙剧院的黑白电影里见过顶层公寓的样子。对了，我叫杰里·萨克斯。"他说着向她伸出了手。就在他们握手的短暂瞬间，在这个混乱而又毫无意义的宇宙中，他握到了某个值得珍视的东西。

"露露·布鲁克斯。"她说。

"露露？漫画《小露露》[1]里的那个露露吗？"

"其实我叫露辛达，不过大家都叫我露露。"她露出了伊潘娜[2]式的笑容，让他第一次意识到，她的脸既纯真又性感。在这个为了让他一辈子都搞不明白而专门设计的世界里，又多了一个矛盾之谜。

"我一直很喜欢《小露露》，"他说，"小时候我可喜欢那些画了，还有神秘的作者签名，只有一个简短的'玛吉'[3]。"

"我更常想到的是《露露回来了》。你可能从没听过这首歌，但胖子沃勒[4]录过这首歌，特别棒。你知道胖子沃勒吗？"

"这你可真是问对人了。"他说，"我是爵士钢琴乐的发烧友。从'牛牛'达文波特到塞西尔·泰勒，没有我不知道的人。胖子是我最喜欢的爵士钢琴家之一。我没想到的是，你竟

---

[1] 《小露露》：美国漫画家玛乔丽·比尔创作的连载漫画。
[2] 伊潘娜：创立于1901年的牙膏品牌，其广告上常会展示灿烂的露齿笑容。
[3] 玛吉：玛乔丽·比尔发表《小露露》时用的笔名。
[4] 胖子沃勒：原名托马斯·沃勒，美国爵士钢琴家、作曲家、歌手，绰号"胖子"。

然也知道胖子。"

"我就是爱听他唱歌。他和比莉·哈勒黛都唱得好听死了。"她说,"我喜欢唱歌。"

"《你在笑我》和《你要怎么面对我?》,还有那首《会有一些改变》[1],单簧管是吉恩·塞德里克吹奏的。"

"我会弹钢琴,"她说,"是约翰·梅荷根[2]教的,你听说过他吗?"

"不会是……不可能,我……"

"我学钢琴主要是为了给自己伴奏。我喜欢唱歌,也喜欢演戏。如果能演音乐剧那就太棒了。"

"你在哪儿上的学?"他问她。

"布兰迪斯大学,但我退学了,我想早点开始演艺事业。我有很多缺点,其中一个就是没有耐心。"

"我从布鲁克林学院退学了,"他说,"我也很没耐心,迫不及待地搬到曼哈顿,希望在这座城市掀起一阵风暴,但不是靠音乐剧。我想写出《送冰的人来了》[3]或《朱莉小姐》这样的剧作。"

"你有没有哪部剧,曾被制作上演?"她问。

"我的第一部剧预计今年秋天开始排演。"他说。

---

[1] 以上三首均是胖子沃勒的歌。
[2] 约翰·梅荷根:美国爵士钢琴家。
[3] 《送冰的人来了》:尤金·奥尼尔的剧作。

"剧里有没有哪个角色,适合一个二十一岁、被宠坏了的辍学生来演?"

"现在,我是真希望有,可惜没有。剧里都是些中年人,幻想破灭的中年人。不过有一个母亲的角色,她是被宠坏了的。"

"我能演幻想破灭的角色,不过,现实中的我并不愤世嫉俗,但也不一定?"她说,"我觉得自己大部分的幻想还在。"

"紧握住你的幻想。我们需要幻想。人如果不欺骗自己,很难把日子过下去。"

"嘿——你的剧作也这么悲观吗?"

"奥尼尔对我的影响最大。"

"他的很多观点来自尼采。"她说。

"哦,看来你对奥尼尔有所了解。"他说。

"还有弗洛伊德,"她说,"弗洛伊德是首屈一指的悲观主义者。"

"悲观主义不过是换了种叫法的现实主义。"他说。

"这很悲哀,不是吗?我们需要虚幻的希望才能活下去。"

"我的幻想大部分来自米高梅,"他说,"我仍梦想着,在某个地方,有一间顶层公寓,那里的人们一边开着香槟,一边妙语连珠地交谈着。"

"你想看看第五大道上真实的顶层公寓是什么样吗?"露露说,"虽然我觉得它比不上任何金杰·罗杰斯[1]和弗雷德·阿斯泰尔主演的电影带给你的幻想。"

"我很乐意看看。"萨克斯说。就在那一瞬间,他想起了一位犹太叔叔说过的话,此人带有厌世意味的幽默常让他忍俊不禁。"如果某件事看起来美好得不真实,"莫伊舍·波斯特叔叔曾奉劝他,"那就一定不是真的。"言犹在耳的他,和露露一起离开公园,穿过第五大道,走进了一栋战前修建的石灰岩大楼,在这之前,他只曾路过并仰望过它。露露带他走进门厅时,他怀疑门卫给了他一个白眼,就像路易·巴斯德透过显微镜观察细菌时的那种表情。可他为什么要感到难为情呢?他穿着粗花呢夹克、圆领毛衣和灯芯绒长裤,看上去仪表堂堂。没什么可难为情的。所以是为什么呢?也许是因为五千年来犹太部落传承的负罪感,让他满脑子想着的都是,自己的鞋擦得还不够亮。

电梯操作员对露露非常热情友好,她从小就是由他带着上下楼的。

"我父母在家吗,乔治?"她问道。

"是的,在家。"他愉快地回答。

电梯并非直接入户,但这仍是他去过的最好的住家。公

---

[1] 金杰·罗杰斯:美国女演员,与弗雷德·阿斯泰尔合作出演过多部电影。

寓里有书架林立的长廊、高敞的房间，以及一段通往二楼的弧形大楼梯。起居室装潢复古，保留了原始的建筑线脚，还有一个带松木架的精美壁炉。几扇高大的门，通向一个可以俯瞰中央公园的露台。还有一个镶有木板的休闲室，里面有一个真的吧台，可以在吧台后面调酒。一切都装饰得无可挑剔，完美地结合了传统和现代风格。地毯是东方式的，也可能是定制的，墙上挂满了素描和版画，大多是他熟悉的画家作品：有马蒂斯、毕加索和米罗的铅笔素描，都带有画家签名，一幅凡·东根的版画，一幅玛丽·罗兰珊的水彩画。还有许多照片，出自露露的父亲阿瑟·布鲁克斯之手，他是一位职业时尚摄影师。

"这位是杰里·萨克斯，"露露对母亲说，"我们是在公园认识的。"

"你好。"她的母亲葆拉·诺瓦克友好地说道。葆拉身材修长，带着一种冷艳之美。她以前是《时尚》杂志的模特，从陈列着的几张照片里可以看出，她当年是怎样的一个大美人。露露没有母亲那样苗条的时尚模特身材，但她更玲珑有致、更丰满。这么说吧，露露可能不适合在T台上走秀，但很适合懒洋洋地躺在草堆上拍写真。萨克斯第一眼看到露露时，觉得她有东欧人的长相，他猜对了。葆拉是一个来自克拉科夫的异邦人[1],嫁给了一个纽约犹太人。她很随意地穿着一件高领毛衣和一条宽松长裤。她向萨克斯伸出的那只手还是湿的,因为她刚放下一杯加了两颗冰块的布兰纳里红杜松子酒——酒杯是巴卡拉的水晶玻璃杯。她丈夫正要出门,但也热情地握了握萨克斯的手,接着告诉夫人:"别忘了预订詹贝利餐厅明晚的四人位。如果他也愿意来的话,就预订五个人的。"他指了指露露刚带回家的新朋友。萨克斯并不打算去,但很感激他的好意。阿瑟·布鲁克斯说完便出门了。

"你要喝什么吗?"露露的母亲问道。他想说马提尼,但想到如果他要了马提尼,她就会去调酒,调完他就得喝,而马提尼就像所有的酒精饮料一样,会让他犯困,很快他就想换上睡衣了。露露说要喝依云。在搞明白依云是瓶装水以后,他说露露喝什么,他就喝什么。电话响了。露露家的电话并不是白色的。葆拉接起电话,一下来了兴致,开始和电话那头叫伦佐的人聊起某人在南安普敦买的新房,说那房子装潢得如何美妙。露露问他想不想参观一下她家。他说想,于是两人走上楼梯,去了露露的卧室。这是一个迷人的房间,贴着花蕾壁纸,有一张四柱天篷大床,靠着墙边还摆着一架浅棕色的立式钢琴。他注意到书架上有许多书,且都是很好的文学作品。四周

---

[1] 克拉科夫是波兰南部城市,"异邦人"(gentile)则是犹太人对非犹太人的称呼。

摆放着她儿时的玩具作为装饰。

"我知道你在想什么,"她说,"这孩子被宠坏了。"

"这是你第二次说自己被宠坏了。"他说,"不妨说你是一位波兰公主,不过我猜你一定是独生女。"

"那是自然。"她说。

房间里有许多唱片:古典乐、爵士乐、流行乐,还有卡德蒙[1]诗歌专辑。有几张露露和西蒙娜·德·波伏瓦在巴黎的双叟咖啡馆的合影,照片里的露露大约十二岁,看上去很调皮。这位知名作家并不认识她,但应女孩父母的请求,同意了与她合影。两人回到楼下后,露露推开通往露台的门,把萨克斯带了出去。在这里,不只中央公园,从炮台公园一直到乔治·华盛顿大桥的景色都尽收眼底。她说自己很喜欢雨,会在雷雨天气时跑到露台上,看巨大的闪电在纽约的天空中划过,咝咝作响,落到帝国大厦楼顶的避雷针上。

"我喜欢被雨水淋透的感觉,"她说,"多么干净凉爽。你是不是觉得,我听上去像一个傻瓜?"

他想到她被雨水淋湿的画面,觉得没有什么比这更浪漫了。

"你不怕被闪电击中吗?"他在任何情况下都会首先想到最可怕的结果。

---

[1] 卡德蒙唱片公司创立于1952年,是美国有声书行业的先驱。

"我不怕。这个可能性很低。不过如果我必须死的话,这样的死法多棒啊。干脆利落,还充满了戏剧性。"

"是的,呃,不过……"他欲言又止,仍无法接受触电而死的快感。

"我可以读你写的剧本吗?"她问。

"你想读吗?"他急切地回应。

"是的。你还这么年轻就有作品被选中,我认识的大部分男生写的东西都石沉大海。不过我读过他们的作品,都不怎么样,而你却能靠写作养活自己,我很佩服。"

"我很风趣。和我相处久了,就会发现这一点。只要你能忍受我的幽默,你就会慢慢喜欢上我。"

她笑了。

"你的剧本是讲什么的?"她问道。

此刻,他正在一间顶层公寓的露台上,与一位可爱的(也许是被宠坏了的)、有着一双紫罗兰色眼睛的波兰公主,谈论他那部即将被制作上演的剧本。他像威廉·鲍威尔[1]那样,手握一杯饮品,尽管他喝的是矿泉水。街上的曼哈顿居民正匆匆回家,他们拦着出租车前往上东区的住所,回家后可能还要换一身衣服,出门用餐。或许他们会去 21 俱乐部餐厅,或许会去埃尔·摩洛哥夜总会,又或许,有一天他们会去剧院看他

1　威廉·鲍威尔:美国演员。

的戏。他想象自己唤着露露的名字,她会穿着甜美的夏季连衣裙走下楼梯,乌黑的秀发还有些湿,散发着夜里盛开的茉莉花的芬芳。在尽情享受她亲昵的拥抱,并趁机揩了把油之后,两人有说有笑地出门,在这座灯火通明的城市里喝酒、跳舞,直到天明。当然,他不喝酒,也不会跳舞,但想到这样的场景,他脸上仍不禁浮现了笑容。

"你准备告诉我吗?"露露问道,"还是说你刚才走神了?"

"告诉你什么?"

"你的剧本。它是讲什么的?你在想什么呢?"

"哦,对,我的剧本。它有关冒险和抓住机会,讲一位犹太女性被迫做出存在主义式抉择。"

"这部剧叫什么?"

"《萨拉·舒斯特尔如是说》[1]。"

"我喜欢这个名字。我的论文就是关于德国哲学的,题目是《里尔克诗歌中的自由概念》。我没能把它写完,但有人看过我写的内容后,觉得它很有原创性。你能用诙谐的方式处理有关死亡的话题,这点我很喜欢。"她的赞许让他的脑壳脱离了躯体,像飞碟一样升空,绕着太阳系转了一圈才飞回来。她看了一眼时钟,说:"好了,我得洗澡换衣服了。今晚我要去看演出。"

---

1 与尼采的著作《查拉图斯特拉如是说》谐音。——编者注

"哪场演出？"

"《在一个晴朗的日子》[1]。我很喜欢艾伦·勒纳作的词。"

"我还能再见到你吗？"

"接下来几天我不在纽约。我父母的几个朋友要带我们去看肯塔基德比赛马会，我爸爸的律师有一匹马要参赛。"

"这可真刺激。你回来后我能给你打电话吗？我想带你去全纽约最棒的一家爵士唱片小店，那里不仅能找到胖子沃勒的冷门唱片，还有很多爵士钢琴唱片，伟大的比莉·哈勒黛的唱片更是数不胜数。另外还有一些别的音乐家，我觉得你也会喜欢。"

"太棒了，"她写下了自己的电话号码，"不过，我们为什么不直接约在一周后的下午三点，就在之前那张长椅那儿见面呢？我每次从西区上完表演课回家，都会穿过中央公园，从帆船池那边路过。"

"我怎么才能认出你？"接下来的几天，他都为这个蹩脚的笑话悔恨不已。在乘坐电梯下楼后，他朝着五十九街的地铁站走去。与其说他此刻已如入云端，不如说是已经飞向了仙女座星系的某个地方。她就是他一直想要的、梦想的、幻想的一切。他愿望清单上的所有要求，她都满足。美好的邂逅、顶层公寓、一眼望尽曼哈顿的露台。当然，最重要的还是她本人，

---

[1] 此处指由艾伦·勒纳作词的音乐剧《在一个晴朗的日子，你能永远看见》。

这个穿着雨衣的女孩，她的脸，她曼妙的身姿，每一道曲线都兑现着诺言。露露，小露露。她太完美了。她敏锐的头脑、鲜明的个性、轻松的笑脸。或许这么多年来，我都错怪了宇宙？他心想。或许无垠的宇宙并没有恶意针对我？她的优点实在太多了。可他又有什么呢？他回想了一遍下午发生的事，试图搞清自己的位置。好吧，他说了一句自认为很糟糕的笑话。但在谈论死亡的话题时，他还是很幽默的，"至少死亡让人摆脱了参加陪审团的义务"。尽管她接受了昂贵的教育，但在和她谈论音乐、戏剧和文学时，他丝毫不落下风。他对于诺曼·奥利弗·布朗[1]和多形性反常的评论可谓一针见血，并且他还纠正了她引用的一句叶芝的诗：应该是"那钟声播扰的海洋"[2]，而非"那钟声烦扰的海洋"。

他无节制的阅读并没有白费，总的来说，他们相识的第一天算不上糟糕。她显然对他有足够的兴趣，不然也不会邀请他去家里做客，还同意下周和他在长椅见面。她甚至对他成为一名作家的前景表示了钦佩，并提出要读他的剧作。事实上，这一天过得相当棒。只是，他忘了提一件事：他已经结婚了。

1　诺曼·奥利弗·布朗：美国哲学家、作家、学者。
2　出自叶芝的诗歌《拜占庭》。

*

萨克斯和格拉迪丝讨论过离婚的事,但那只是很随意的聊天,他们没必要像急于迈入婚姻那样急于逃离。现在,他们相处的时间更少了,因为她正忙着给肯尼迪的竞选拉票,还突然上起了吉他课。他们聊过离婚的想法,但打算在她毕业后再做决定。这么想当然无可厚非。他们都认为生活有如一潭死水,但又都莫名其妙地希望它能神奇地活过来。可现在他有了动力,去重新审视这潭死水。和露露有没有未来,他不知道;但他知道,只要他不离婚,他们连现在都不会有。除了他的婚姻,他还有别的问题要考虑,要是露露有男朋友怎么办?毕竟她今晚不可能孤身一人去马克·黑林格剧院。或者,要是她现阶段不希望有一段太认真的关系,怎么办?她还很年轻,显然也很受欢迎,为什么要专情于一个人呢?何况她一定有很多选择,为什么选我呢?他把可能搞砸这段关系的因素罗列了一下,发现问题还真不少。比如:性生活能和谐吗?要是我不能激起她的性欲怎么办?她自然是每个毛孔都散发着性感。哪怕是注视着她身穿那条棉质连衣短裙远去的背影,都让人想到"一喜云雀"[1]这个词,而且是身材完美的性感云雀。当然,要是她像格拉迪丝那样不温不火怎么办?他的第六感——如果真有这种东西的话——告诉他不要浪费太多时间为不大可能

---

[1] 英文中"一群云雀"的"群"为"exaltation",有"喜悦"的意思。

的事忧虑。然而，他对她最初的幻想并非出于肉体，而是夫妻关系。他想和她结婚。他梦想着每天吃早餐时看见她对他微笑；梦想她挽着他的胳膊，和他一起在城市里散步；梦想和她分享生活中的点点滴滴、逗她笑、看她睡着的样子。他喜欢和她聊天，喜欢听她说话，喜欢竭尽所能地给她留下好印象。在做这些事时，他能感到自己充满了活力。当然，他还希望有一天能和她做爱。即便是现在，在和她道别几小时后，她的信息素仍像缓释胶囊一般，在他的大脑中汹涌。

他和格拉迪丝聊了聊，并用一种温和的方式提出了离婚的话题。她同意，他们当初结婚确实有些草率，但要是能等她念完书，他的剧作也上演了，再来处理这件事会更好办些。那时他们未来的路会更清晰，可以好好评估一下自己的处境，如果确实无法挽回，他们再以一种文明、理智的方式分开。她的话一点也不意气用事，很有条理，很格拉迪丝。与此同时，什么问题都没有解决，他又回到了得过且过的老路上。那周他放了一份剧本在露露的门卫那儿，接下来几天，他时而充满甜蜜的幻想，时而惊出一身冷汗，担心着她对他已经结婚这件事会做何反应。他觉得最好的办法还是对露露坦诚相待。他可以向她解释，自己虽已为人夫，但正着手办离婚。他告诉自己，诚实永远是上策，可当他看到她扎着两条辫子，穿着牛仔裤、凉鞋和白色背心，朝着像杜莎夫人蜡像馆里的蜡像般呆坐在长椅上的自己走来时，他决定先把上策放一放。

"赛马大会真的很刺激。"他说。他看了一场自己完全不感兴趣的比赛,只为了在和她聊起这件事时,不会显得像个什么都不知道的傻瓜。

"我们所有人支持的那匹马最后输了。"她说。接下来他们又寒暄了几句,聊到纽约今年比往年热得早。在此期间,他一直在观察,想知道她对他的兴趣是否有所消减,抑或从未存在过。可她不仅准时赴约,还春风满面。当她突然问他"你有想我吗"时,他呆住了,他不知该如何作答。说"没有"是无礼的谎言,而说"有"又太早暴露了他的软肋。

"你觉得呢?"他想起莫伊舍·波斯特叔叔曾说过,人生有如打牌,你要根据手中的牌来打。萨克斯觉得自己拿着的最多是"两对",而露露则坐拥"满堂红"。可当她说"我希望你想"时,他"两对"里的一对升级成了"对A"。他之前答应过要带她去一家爵士唱片店,便问她是否还想去。她说想。那家店不仅外表破旧不堪,里面布置得也是杂乱无章,但真心热爱爵士乐的人绝对会乐在其中,流连忘返。果然不出他所料,她一下就爱上了那里破败的环境。他们一边晃荡,一边聊着音乐,笑着,贪婪地搜罗要买的唱片。他早已打定主意不让她付钱,并给她买了好几张蒙克、霍勒斯·西尔弗、现代爵士四重奏以及比莉·哈勒黛的唱片。两人迫不及待地想听一听刚买的唱片,他也想看看她听这些唱片时会有怎样的反应,于是他们打车到她家,径直去了她的卧室,因为那里有高保真音响。除了楼下厨房的一名女仆,家里没有其他人在。可以说,这是一个再理想不过的行动时机了。播放比莉·哈勒黛的唱片时她开心极了。《我可曾记得?》听得她如痴如醉。没过多久,她就走到了钢琴旁,开始弹奏《怪我太年轻》,并唱了起来,歌声嘹亮而温暖。她卧室的窗户正对着中央公园,太阳渐渐落到曼哈顿西区的高楼背后,音响开始播放蒙克的《与内莉共度黄昏》,此时露露的卧室也染上了黄昏的颜色,他紧张起来。"快吻她,"蟋蟀吉米尼的声音在他耳后响起,"你还在等什么,傻瓜?如果现在还不敢行动,那你活该后悔一辈子。"音响里播放着《与内莉共度黄昏》,蒙克的钢琴独奏,屋里只有他和露露:与露露共度黄昏。他吻了她,那是优雅的一吻,她欣然予以接受。他缓缓将她挪到床上,意想不到地娴熟,接着用灵巧的手指解开了她的衣扣。她并未抗拒他的激情,反而将舌头猛地伸进他口中,仿佛直抵他的鞋面,惹得他两耳直冒青烟——至少他是这么以为的。她解开了自己的腰带,让这一切对他变得更容易,他则努力不让自己激动过头,而是专注于当下。正如他猜想的那样,她很会做爱。这让他想起了金杰,她能做弗雷德的所有动作,并且是穿着高跟鞋反向做[1]。他把裤子脱得恰到好处,小腿、大腿或脚底板都没有抽筋。与格拉迪

---

[1] 这句话常用来形容歌舞片搭档金杰·罗杰斯和弗雷德·阿斯泰尔的关系,意指金杰做的动作更难。

丝相比，露露性感而主动，不仅创意十足，而且不知疲倦。在完事以后，他觉得自己看上去就像奥斯威辛集中营的照片里，那些透过铁丝网向外张望的囚犯一样憔悴。他们躺在她的四柱大床上，她点了一支烟，一言不发地抽着，辫子凌乱。萨克斯心想，她要么有过不少经验，要么就像年轻时的莫扎特一样，是个天才。他真想和她把事情说清楚，说他有老婆，说他已经铁了心要离婚，可没有比这更糟糕的时机了。

"总有一天，我会娶你。"他对她说。

"一切皆有可能。"她说。

第二天晚上，他告诉格拉迪丝，说自己仔细想过了，也许推迟一个早已注定的结局并没有什么意义。他们不如就此分开，去过自己的生活，至于细节的问题，都可以解决。他有一个叫切斯特的表哥，二十九岁，单身，住在西区大道和九十几街之间的路口，他已经给这位表哥打过电话，问能不能搬去表哥家的沙发上借住一段时间，并解释说自己正准备离婚。切斯特在哥伦比亚大学任教，一个人住，并不介意收留自己的表弟。切斯特是他们家族中最受敬重的一位男性，因为他像阿巴·埃班[1]一样口齿清晰。他一直很喜欢萨克斯，两人经常就书籍、电影和无神论的问题展开争论。萨克斯觉得，和露露说

1　阿巴·埃班：以色列政治家，曾任以色列外交部长、驻美大使等职。

自己是一个已经分居且正在办离婚手续的单身汉,要比告诉她自己是一个拖泥带水的窝囊废容易得多。当他和格拉迪丝说自己已经决定搬出去时,他本以为她会像贝蒂·戴维斯[1]一样情绪失控,可令他没想到的是,她不仅非常冷静,而且还愿意和他心平气和地讨论。原来她也重新想过这件事,并且考虑清楚了,他们的婚姻确实从一开始就不顺利,随着两人逐渐成熟,他们之间的分歧也越来越多。她说他们应该把这段婚姻看作一段学习的经历,与其留下遗憾,不如留下赡养费。接下来这事便转交各自的律师处理了,最后双方和平分手,但在那之前,他需要支付一大笔律师费。他们把离婚的事告诉双方父母时,她的父母自然是站在自己女儿这边,但他的母亲也毫不意外地站在了格拉迪丝那边,因为就算她的儿子说自己被打劫了,她也会站在劫匪那边。

第二天晚上他去见了露露,并带她去了位于东区深处四十几街上一家叫盖茨比的餐厅吃饭。两人都很喜欢菲茨杰拉德,因此觉得去一家以他小说主人公命名的餐厅吃饭是个好主意。那家餐厅贴有红色花纹的植绒墙纸,小桌灯的灯光也是红色的,因此映在露露脸上的光是柔和的玫瑰色,使得她看上去更加美丽——如果说她还有可能更美丽的话。他们喝了红酒。由于不胜酒力,他只喝了两杯便到达了梦幻仙境。她握着他的

---

1 贝蒂·戴维斯:美国女演员。

手,告诉他自己有多喜欢他的剧本,并对剧情的独具匠心和精妙的细节大加赞赏。她觉得这是一个扣人心弦的作品,并且她还知道哪些地方该笑,哪些地方不该。她完全赞同剧中表达的存在主义危机。这一切让他备受鼓舞,加上博若莱葡萄酒的影响,他和她说了自己已婚的事。她并未像意第绪语戏剧里演的那样,突然倒地或抱头痛哭。他说自己已经分居并正在办理离婚。他本想先对她有更多了解,再把这个不幸的故事坦白,可现在他爱上了她。他说那时他急于从父母家搬出去,去曼哈顿过自己的生活,才草草结婚。他承认,随着时间的推移,他意识到了自己当初的自私,并且从某种程度上,他利用了格拉迪丝,利用她作为感情支持,帮助自己搬出去开始新生活;但他同时也给了她勇气,让她能离开家,去面对这个世界。他还解释说,自己和格拉迪丝之间几乎没有共同点。

"接着你就走进了我的生活,"他说,"那感觉就像是你从屏幕中走出,坐在了我身旁,自那以后我的生活就一直像在梦里。"

"所以你是担心我知道你结婚了,就会打退堂鼓?"她说。

"是的,"他说,"就是这样。你理解得没错。"

"老天,"她叹了口气,"我怎么老碰到这种事?"她的酒量比他好,但她喝得比他多,因此也有了一些醉意。

"你和很多已婚男人交往过吗?"他问道。

"也不算是。"她说,"所以你正在办离婚,这有什么?"

"我不知道。有些女人可能会——"

"会怎样?"她说,"被吓坏?"

"我猜是的。"

"我和一两个已婚男人有过短暂的情史。为什么我总会吸引这些结了婚的男人?换个话题吧。我们再点一瓶同样的红酒。"

"但我在办离婚了。"他向她保证道。

"我知道,我知道。你头脑发热,做了一件让自己后悔的事。让我想想,这种事我做过多少次了。不过我够聪明,或者说够警觉,会在陷得太深之前就抽身而去。"

"我相信你一定谈过很多男朋友。"

"我能说什么呢?人们迟早会让你失望。也可能是我的问题。我不知道。"

"也许你的标准太高了。"

"是的。也许我的标准并不现实。"

"为什么我们的对话让我觉得自己的处境岌岌可危?"

"你就当这是存在主义危机吧。"

"让我的心被一位波兰公主伤透,这可真是时候。"

"好消息是,你能逗我笑。而且你似乎是个明白人。"

"明白什么?"

"人生。你是少数能看清人生真谛的人。"

"你是说,一声响亮的'那又怎样'?"

"我和你说过,我很喜欢你的剧本,对吧?我觉得你会成为一位大作家,并且我喜欢你不爱引人注目的个性。所有好人都不爱引人注目。我交往过的其他男朋友,没有一个不充满自信。他们都那么事业有成,满脑子都是自己。"那瓶红酒此时已快被她喝完了。她露出了一个足以迷倒一头狂奔的犀牛的微笑。他唤来侍者,要求再上一瓶博若莱葡萄酒。他原本忧心忡忡,但现在好了。她显然是喜欢他的。他是个明白人。明白人生。他能逗她笑。他不爱引人注目。他的自卑终于得到了回报。

"你的脆弱,"她说,"很可爱。我们刚认识的时候,你有些局促,但和你聊天很有趣。而且,我真的受够了那些智慧神童,他们一上来就知道所有答案的样子,但很快就熄火了。你知道我最喜欢你剧本里的哪个角色吗?"

"哪个?"

"萨拉·舒斯特尔。"

"为何?"

"因为她同样没有意识到,自己的不安全感很迷人。当然,在她的内心深处有着强大的自信。当那些畏首畏尾的烦人精都劝她把孩子生下来时,她坚持不要,只身前往墨西哥把事办了,这真的太棒了。而且她还敢和一位墨西哥医生搞婚外情,简直是神来之笔。"

"你不觉得我把她写得太有自毁倾向了吗?"

"正因如此,她才这么有吸引力。有自毁倾向的人,往往是最迷人的。"

她的见解让萨克斯着迷不已,但蟋蟀吉米尼不禁心想,这家伙越陷越深了。

"你最喜欢的虚构人物是谁?"她问。

"我剧本里的吗?"

"所有文学作品里的,"她说,"最让你有共鸣的人物是哪位?"

他们点了正餐。她点的是洋蓟和通心粉。他从没吃过洋蓟,而她给他也点了一份,后来不得不教他怎么吃。

"在我们家,从小吃的是罐装食品。四季豆、青豌豆还有德尔蒙牌什锦水果罐头。"

"所以最让你有共鸣的文学人物是谁?"她逼问道。

他最终还是说了:"格里高尔·萨姆沙[1]。"

"我的老天,你可真要命。"她哈哈大笑道。

"很抱歉,有很多个早晨,我醒来后觉得自己就像一只昆虫。"

"不爱引人注目是很迷人,但觉得自己像蟑螂,那就是另

---

[1] 格里高尔·萨姆沙:卡夫卡小说《变形记》的主人公,他一觉醒来,发现自己变成了一只巨大的甲虫。

一回事了。"她哈哈大笑道。

"你呢?"他问道,"在所有的文学作品里,最让你有共鸣的人物又是谁?"他以为她会说安娜·卡列尼娜、爱玛·包法利或者朱莉小姐。

"你读过《小王子》吗?"她问道。

"圣埃克苏佩里写的?读过。"

"你还记得那只狐狸吗?"

"隐约记得。"他说。

"那只狐狸最让我有共鸣。这很有趣,不是吗?我们俩最有共鸣的都是动物,不是人。"

"为什么是那只狐狸?"他问。

"因为那只狐狸说,'驯服我'。"

"啊哈。"

"我这一生都在寻找一个能驯服我的人。"他看着她那张美丽的脸,她的性感令他无法自拔。自从他们第一次上床以后,这种欲望已经足以引爆核武器。他喝完了那杯他一直在慢悠悠喝着的酒,凝望着她那双美丽的紫罗兰色大眼睛,重新评估起自己手中的牌。她对他作品的赞许,让他的"对A"升级成了"顺子",但她仍坐拥着"满堂红",若要驯服她,他可能不得不虚张声势。这便是他在盖茨比餐厅喝醉时的想法。

"看来我只好接管你的人生了。"他孤注一掷道。

"那我一定会嫁给你。"她捏了捏他的手,剩下的让他自己体会。

在吃饱喝足后,他们想要做爱,但她父母在家,他的表哥也在家。这顿晚餐已经花掉了萨克斯身上所有的钱,于是露露出钱在广场饭店开了一个双人间。他那有如脱缰野马的欲望,碰上她那毫无节制的激情,天雷勾动地火,差点导致整个上东区的电力系统瘫痪。

当他满面春风地和切斯特聊起露露时,切斯特说自己在哥伦比亚大学有一个朋友,那人在布兰迪斯大学时认识露露,他说她一直都很聪明,也很受欢迎,大家都很喜欢她。男生都追她,女生都爱她。切斯特的朋友记得露露学的是戏剧,并说她是一个好演员,但出于某些原因,她大四那年退学了。那位朋友不确定是什么原因,但有传闻说她精神崩溃了。

"露露?"萨克斯难以置信地说,"不可能。她是为了追求演艺事业才退学的。"至于她很受人喜欢,是个好演员,萨克斯倒是一点也不意外。后来他又想起那个关于精神崩溃的传闻,觉得这和他认识的露露·布鲁克斯完全对不上号,她看起来那么乐观,那么充满活力。可他再一细想,觉得她仅仅为了在演艺事业上领先那么一小步,就选择了退学,而且是在马上就要毕业的时候,这确实有些奇怪。他决心在下次和她约会时,把这事问清楚。那天他们从赫兹租车公司租了一辆车,去了牡蛎湾。他们把车停在了一处僻静之地,水中倒映着月亮,调频广播里播放着比尔·埃文斯的《德比华尔兹》,一首很棒的轻爵士乐。他们望着夜空中的星星惊叹,念奥登的诗句,哼唱库尔特·魏尔的曲子,他吻了她一两次,接着把话题引到了她退学的事上。仅仅是为了早几个月参加试镜,或早些去演员工作室上课,就放弃文凭,这真的有必要吗?这些事完全可以晚点再做啊。

"这只是一方面,"她说,"虽然我确实容易着急。我不是一个有耐心的人。如果一件事让你等太久,那种渴望就被毁了,难道你不觉得吗?你不会再想要了。"

"好吧,我不知道,但我能想象,毕竟你被宠坏了。"

"我经历了一段糟糕的时期。"她说。

"怎么说?"

"我和一位教授产生了感情,他结婚了,而我确信他会离开他的妻子。至少他是这么和我说的,但他并没有这么做。"

"明白。所以你受伤了。"

"不只是受伤了。我比自己以为的更脆弱,而且以前提出分手的人总是我。我不习惯被人抛弃,而我又真的很喜欢那个人。"

"我猜他是极少数没有让你失望的人。或者说,尚未让你失望。"他说。

"他超级聪明,超有魅力。我通常是掌控局面的那个人,但在我们的关系中,他才是掌控者。我对此感到很困惑,因为我不喜欢失去掌控，但我又很享受失去掌控的感觉。你明白我的意思吗？"他点了点头，心想"又爱又恨"，但她接着说，"这并非又爱又恨，而是别的感觉。我也不知道是什么。我那时真的要疯了。"萨克斯庆幸自己没有说"又爱又恨"。

"我的心理医生说我很考验男人，"露露说，"我在他们身上寻找任何可能的弱点，好让自己有借口离开。他说我陷入了既渴望亲密又害怕亲密的两难。"

"哇，这些话听了真叫人安心。"萨克斯说。就在这时，一朵乌云飘过，遮住了月亮，他觉得这就像是契诃夫笔下的一个具有象征意义的画面。

"他是我见过的人里，唯一看起来有可能驯服我的人。可突然之间一切都没了。我彻底迷失了。我想，你可以说我经历了一次小小的精神崩溃。我感到抑郁，无法专心学业，吃眠尔通[1]也没用，反而让我更焦虑。我不知道，也许是遗传吧。我听说我的外曾祖母是一个非常情绪化的人。她后来自杀了。我长得像她。我觉得我也是个情绪化的人。我会在看电影和戏剧的时候哭。而且我他妈的到底为什么要学艺术史？也许只是因为他教这个。我在学院注册的时候，必须选一个专业。我本该学戏剧专业，但我当时脑子太乱了。我甚至都不想上大学。不过我还是遇见了一些出色的年轻人，结下了一些很棒的

1　眠尔通：一种镇静类药物。

友谊。"

在讲完自己的故事后,她点了一支烟。萨克斯一直在听着,此时已嫉妒得发疯。她是真的爱上了那个曾让她心碎的男人,那位能解开她心锁的、魅力非凡的知识分子。在遇到他之前,一直是露露在给人打分,而显然没有人能通过她的测试。而他却给了她一个"不及格"。萨克斯想象着自己被露露测试的样子,想象着自己的缺点——他预计达六位数之多——但凡有一个被她发现,都能让他万劫不复。

她说自己被宠坏了,一点没错。她就是一个躺在四柱天篷大床上的机灵小孩,从小到大,她可能都没听过一个"不"字。结果那家伙回到了自己妻子身边,这下可好:撒泼、狂怒、焦虑、抑郁、遗传还有眠尔通,全都来了。

"他现在在哪儿?那个你觉得本可能驯服你的家伙?"萨克斯问道。他希望那位魅力非凡的教授已经去世,并已被火化。

"他和妻子搬去英格兰了。他一直都想住在科茨沃尔德地区,当一位乡绅。"

"你会想他吗?"萨克斯问,"你放下了吗?"

"早放下了,"她说,"回过头看,我也知道自己当时很荒唐。怎么,你嫉妒了?"

"是的。"

"别这样。就像拉里·哈特的歌词里写的,我的眼中只有你。"说完这句话,她凑上去吻了他,她知道这将释放出他下丘脑里所有的多巴胺。很快他们就往后座挪去,以免方向盘碍事。

接着他迎来了人生中最棒的几个月。一方面,他的剧作确定了首演日期,将于十二月在米内塔巷剧院上演;另一方面,他换了份工作,不再只是写时评笑话,而是加入了一个成熟的喜剧节目组。这不仅让他的工资大涨,更极大地提升了他的自信。他觉得像这样的晋升能让露露确信自己没看错人。她对他说,"恭喜你,但不要被电视的世界诱惑。你是一位艺术家。斯特林堡和奥尼尔可不会在那片文化荒漠中迷失自己"。

不管怎样,他能更轻松地支付赡养费了。最棒的是,他不用再住在切斯特表哥家了,露露帮他在麦迪逊大道边上的东七十八街找了一间舒适的公寓。那是由一栋褐石联排别墅改造的几个独立公寓中的一个,空间非常大。公寓里有壁炉,窗外还能望见邻近别墅绿树成荫的后花园。露露不仅帮他找到了住所,还帮他布置房间。她带他去了好几家很棒的古董家具店,都是她母亲和母亲的装潢设计师带她去过的。

"不要铺全屋式地毯,"她教导道,"铺局部就行。不要装顶灯,只要台灯。"她帮他挑选半截式窗帘和温馨的乡村风家具。最好的壁炉用品,要去亚历山德罗家买,她建议道。"柴火,"她说,"要从克拉克和威尔金斯家订购。他们会送货上门。"面料一定要选毛圈的,颜色则要选柔和的。她母亲的装漆师称之为"秋天的色调",现在露露又把这些颜色告诉了萨克斯。他买了一盏白镴台灯,可灯的颜色太白了,她便教他怎么用茶包给它染色。但露露做的不只是这些。露露从小用着莱茵兰德片区的交换机号[1],因此她对上东区非常了解,正如萨克斯非常了解康尼岛[2]的过山车。她知道最好的食杂店和肉铺在哪儿,知道最好的五金店和画廊在哪儿,还知道哪儿能买到最漂亮的盘子和刀叉。最好的医生和瑞典清洁女工她都认识,她还知道去哪儿能买到最好吃的布朗尼蛋糕:格林伯格家和威廉·波尔家都很棒,"就看你更想吃哪家的巧克力"。她告诉他最好的理发店在卡莱尔酒店的那栋楼里,告诉他哪里能买到最上乘的葡萄酒,以及哪里能找到通宵营业的药店。如果你掉了一枚纽扣,以为肯定找不到同款,她也知道上哪儿找。虽然她最常在莱茵兰德、布特菲尔德、谭普顿和大广场这四个电话交换机站覆盖的高档片区活动,但如果你想吃鲟鱼,她会告诉你西区的巴尼·格林格拉斯餐厅是最佳选择。知道他爱读悬疑小说,她就带他去了一家小书店,叫"凶杀墨水"。认识她之前,他从未听说过阿马托歌剧院[3],也不知道阿斯蒂餐厅的侍者

---

1 纽约历史上曾采用过两个字母加五位数字的电话号码,两个字母为该片区交换机站名的头两个字母,和第一位数字共同组成该片区的交换机号。莱茵兰德交换机站位于如今纽约的上东区。
2 康尼岛:位于纽约布鲁克林区南端,以游乐园和过山车等娱乐设施闻名,是很多平民的游乐胜地,一度被称为"穷人度假区"。
3 阿马托歌剧院:1948年创立于曼哈顿东村的一家小型歌剧公司。

会为客人们表演歌剧。她还让他见识了弗里克美术馆的藏品有多美妙。有时她会在半夜发了疯似的想吃芝士蛋糕,这时便会和他去百老汇的塔夫餐厅。他多么希望自己能像她那样,在曼哈顿长大,而现在他终于学会了如何做一个城里人。他们在哈莱姆区的弗兰克餐厅吃牛排,在中央车站吃牡蛎。他们在他家的壁炉前做爱,夜深时一起在电视上看电影。他们吵架吗?不常吵。就算有矛盾,也都微不足道,很快就能和好。唯有一次,萨克斯觉得两人间的气氛紧张到让人有些不适。

那天他开车载着她去坦格尔伍德[1]听马勒的交响曲——他是在她父亲的推荐下才开始听马勒的,但一听就迷上了。那天路上堵得很厉害,车挨着车,交通陷入了停滞。在通往收费站的路上,车流几乎一动不动。主路边上有一条辅路,她一直催他偷偷挪到那儿,等开到收费站再慢慢挪回来。他不愿这么做,原因有很多,包括这样不道德,以及害怕被群情激愤的司机们踩死——他们可不会对加塞儿的人客气。她怪他过于保守,说她和别人就做过这种事,这又不是死罪。她说可以让她来开。最后他只能硬着头皮上,可他并不想这么做,结果搞得一团糟。她显然对他的无能感到鄙夷,而其他司机也正如他所料,对他投机取巧的企图相当不快。在遭受了几位被困车中、患有路怒症的司机极富创意的谩骂之后,他总算碰到了一位宽

---

1 坦格尔伍德:位于马萨诸塞州,是波士顿交响乐团的夏季演出场地。

容的司机，让他回到了队列里。露露在余下的路程中几乎一言不发，他不禁想，他是否没能通过她的考验？后来，在坦格尔伍德的大草坪上，在北斗七星的照耀下，听着马勒那无比悲伤的《第四交响曲》，他们最终又回到了彼此的怀抱，危机逐渐散去。

露露仍和父母生活在一起，但大多数时候会去他那里过夜。她父母喜欢萨克斯，他也喜欢他们。她父亲人很好，非常热情、友善，虽过惯了高端的生活，却一点也不势利。她的母亲葆拉，虽更看重外表，但也对他很好。在改善着装方面，她给萨克斯提供了很多有用的建议。她还说，如果他答应扔掉他那瓶难闻的须后水，她很乐意给他买一瓶新的，一瓶她能称之为香水的东西。在这些事上，他都会听取她的建议，因此他们相处得也非常融洽。她父母带他们俩一起去了所有高档的餐厅，那里的人都认识阿瑟·布鲁克斯，绝不会把他们打发到西伯利亚。布鲁克斯先生总会在安排妥帖后和领班握手，不动声色地往对方手里塞上几张崭新的二十美元纸币。拉卡拉韦勒餐厅、拉格勒努耶餐厅、奥尔西尼餐厅，和这家人一起用餐实在是太美妙了。还有各式的清舌餐点[1]，真让人大开眼界。有一次他们在吕泰斯餐厅吃饭，露露一定要他尝尝法式蜗牛。他拒

---

1 清舌餐点：一般是高级餐厅才会提供的食物或饮料，用来去除舌头上残留的味道，以让人更好地品尝下一道菜或酒的滋味。

绝了,并说他觉得吃蜗牛很恶心。她觉得他连试都不试,未免太不近人情,于是缠着他又逗又哄,直到他终于痛苦地往嘴里塞了一只。他做了一个鬼脸,假装吞下蜗牛,再趁他们不注意时,悄悄把它吐掉了。露露温柔地捏了捏他的手,作为他听话的奖励。露露的父亲教会了他应该给谁小费,以及给多少。他们会带露露和萨克斯去看歌剧和戏剧,并且常常坐在预留的嘉宾座上。阿瑟和葆拉热爱古典乐,在他们的带领下,萨克斯第一次听了斯特拉文斯基和巴托克的作品,并对西贝柳斯一听钟情。阿瑟把自己的票务经纪人介绍给了萨克斯,这样一来,即便是一票难求的演出,他也能弄到好座位。萨克斯和露露经常去鸟园爵士俱乐部和哈德逊街的二分音符爵士俱乐部,去听迈尔斯和科尔特兰以及兰伯特、亨德里克斯和罗斯的现场演出。他们在遍布曼哈顿的众多艺术影院里观看了每一部外国电影,伯格曼、费里尼、戈达尔、特吕弗。她会说法语。而他除了英语,只会几个意第绪语单词,那是他母亲用来称呼他和他父亲的:笨蛋、傻瓜、废物、蠢货、白痴。在看《四百击》或《大路》时,这几个词毫无用处。露露从小过生日都是去橡树屋餐厅或吉诺餐厅这样的地方,因此所有的领班都认识她,但她记忆中最美好的生日是在奇缘饭店度过的。她和朋友们至今仍会惦记唐人街三和餐厅的馄饨汤、布利克街约翰家的比萨,以及每到深夜都会想起的P.J.克拉克家的辣椒酱。萨克斯学会了一点:礼物不一定要贵,但一定要有创意。他发现,要讨她欢心有一条捷径，就是去丽塔·福特家，那是她最喜欢的一家商店，买一个音乐盒送给她，不过那儿的东西是真的很贵。他在哈默画廊买了一小幅贝梅尔曼斯[1]的玛德琳水彩画送给她，正中她的喜好。他知道露露常去塞克斯精品店和蒂芙尼购物，并且在波道夫·古德曼和邦维特·特勒这两家精品百货商店有账户。在露露和她母亲的影响下，他开始明白，什么叫"有个人风格"，而非仅仅是追求时尚。她母亲非常优雅，露露则显得随意，但两人看上去总是那么美。"风格，而非时尚，"露露的母亲会不厌其烦地对她和萨克斯如此灌输，"弗里兰太太[2]总说，风格，而非时尚。"

萨克斯和露露在城里四处做爱：平时在他的公寓里做，条件允许时在她的卧室里做，时不时也会去酒店，让新环境刺激出她的新鲜激情。有一次，露露的父母实在不想拿着季票去看《漂泊的荷兰人》——这可以理解——于是萨克斯和露露便独享了他们在林肯中心的包厢，两人在座位后方的私密空间里一边听着瓦格纳，一边做爱。露露还把自己的朋友们介绍给了萨克斯，他们都受过良好教育，有些是和她从小一起长大的，有些则是在纽约伦理文化协会、菲尔德斯顿学校[3]和布兰迪斯大学认识的。她在介绍他和她那位性感的朋友吉尔认识

---

[1] 路德维格·贝梅尔曼斯：美国童书作家，以创作《玛德琳》系列绘本闻名。
[2] 即美国时尚专栏作家戴安娜·弗里兰。
[3] 这是由纽约伦理文化协会赞助的一所覆盖学前教育到高中教育的私立学校。

时，把对方夸得简直让人以为她在撮合他俩。

"她真的很漂亮，也很聪明。她是一位建筑师。她还非常有幽默感，是个极有趣的人。你们会爱上对方的。"他和吉尔见了面，觉得她还不错，但如果不是和露露一起，他是不会想打电话约她的。在几乎是硬把他俩凑到一块儿后，露露仍不断试图让他接受吉尔。她还一直问他，是不是喜欢吉尔多过喜欢她。他向露露保证，没有这样的事。让他惊奇的是，尽管露露容貌出众、魅力四射且智慧过人，但她似乎仍然有一点缺乏安全感。比如，当他那部要在外百老汇上演的剧作的制片人想选一位才貌双全的女演员作为主演时，露露显得反应过激。很显然，这意味着等排练开始后，那位女演员每天都会和萨克斯联系。正如对待吉尔那样，他不得不向露露保证，他绝不可能对那位女演员有任何想法，对住在他家楼上的那位亚裔美女模特也是。露露的嫉妒心理让萨克斯颇为得意，但他自己也有缺乏安全感的问题。有这么多人追求露露，而她又生性多情，他怎么能不担心？他嫉妒她和好友哈利相处的时光，尽管哈利是一位公开的男同性恋。她和哈利一起念完了菲尔德斯顿学校，关系十分要好。两人之间有无数个只有他们才懂的笑话，还会一起说别人闲话、一起购物，打起电话来简直没完没了。他们曾开玩笑说，要放弃理想，成为一对家仆。哈利当管家，露露则做厨师兼清洁女工，尽管她除了金枪鱼砂锅什么都不会做。这当然只是瞎胡闹，但萨克斯却很介意。有一次，哈利带露露去卡内基音乐厅看朱迪·嘉兰的演出，但他只有两张票，因此萨克斯没去成。尽管如此，萨克斯还是不得不承认，他欣赏哈利的机智幽默，并从他掌握的有关百老汇和外百老汇的内部信息中学到了很多。

听到自己写的台词被人在剧本朗读会上大声念出来，对萨克斯来说，就像给他迎头浇了一盆冷水。那些台词听上去太糟糕了。太愚蠢，太不成熟。他已不再是当初在格林尼治村，用那台"好利获得"牌打字机写下这部剧本的人了。他必须把它改好，要多一些真实，少一些天真。也许制作人觉得它还行，但萨克斯已无法接受这部属于过去的作品。他不再相信露露对它的赞美，他觉得她那么说，只是出于对他的鼓励。这部作品已不再能让他满足，还需改进。

为了参加她朋友克莱尔的婚礼，他和露露坐上了飞往棕榈滩的波音 727 飞机。飞行途中，他们本想在卫生间里做爱，因为这样她就能说两人都是"机震俱乐部"的成员。可惜他们遇上了强气流，让这件事做起来太像在演滑稽剧了。在读了他重写的第一幕剧本后，露露惊讶地发现，他竟能把它改得比之前深刻这么多。虽然她喜欢原稿，但她能看出，改过的那版明显要更好。

他说，有一天他要为她写一个复杂而美妙的角色，因为她就是一个复杂而美妙的人。她则说，自己和他在一起，并不是为了这个。她说他只应该写带给他灵感的东西。她给他买了一本皮面精装版的《朱莉小姐》，并在上面题词"给杰里，你只能活一次。如果你是个废物，活两次也没用。爱你的露露。"那时她几乎已经和他住在一起了，他们想找一间更大的公寓，可以一起搬进去。她的朋友都觉得他们俩很般配，并且认为在露露所有的恋情之中，这一段是最有可能成功的。

十月的一个下午，萨克斯回到了他最初遇见她的那张长椅旁。他抬头望着那间顶层公寓，那是一切开始的地方，但如今，他的心境已略有改变。想去的地方他已去过，想做的事他已做过，这一切他都亲身经历过了，即便不是所有的难题都能迎刃而解，就像赫本饰演的特雷西那样，但也已足够美妙。他想到自己在勉强喝了一杯勃艮第葡萄酒后，便以为自己已经学会了如何忍受这种酒，不禁笑话自己。如今他知道要给多少小费，知道如何订购壁炉的柴火，知道马勒的音乐听起来什么样，知道最好吃的布朗尼蛋糕是什么滋味，还知道哪款须后水再也不能买。他意识到，自己之前的人生是多么狭小，他成长的环境在许多方面限制了他。当然，他也明白，父母生活艰辛，父亲收入微薄，他们已经倾其所有。他不禁想，自己之前对待父母的态度是否过于严厉，过于脱离现实。那一刻，他感到很悲哀，因为他们永远无法生活在这座城市的高楼之上，除非有一天，他能飞黄腾达，替他们实现梦想。他决定要带他们上吕泰斯餐厅吃晚餐，但想到母亲可能会说"罗达姨妈做的大比目鱼比这好多了"之类的话，他不禁笑出了声。他想着父亲会喜欢那里的食物，但接着又会整晚抱怨自己胃不舒服。尽管如此，也许请他们吃饭仍是一件好事，哪怕他们会抱怨。他一边这样胡乱想着，一边坐着等露露来。她在西区上完表演课回来会路过公园，她的父母要带他们去吃晚餐。前一天晚上两人在市中心吃了比萨，接着去看了《动物园的故事》[1]，他不禁想，自己这辈子是否能写出如此优美的剧作。他正抬头望着那些高楼，听着街头艺人们非常专业地演奏《突尼斯之夜》，这时她来了。先是随风吹来的一阵芬芳，那是她母亲送她的"一千零一夜"香水的味道，接着是她那灿烂的笑容、大大的眼睛、蓬勃的朝气，最后是她的整个人，那完美得足以获奖的整个人。

"嗨，"她笑着说，"等很久了？"

"二十分钟，不过我很喜欢听那些孩子演奏的迪齐·吉莱斯皮[2]的曲子。"

"一切都是从这张长椅开始的，"她说，"我们应该请市政府在这儿立一块纪念牌。"

"你今天格外漂亮。用我剧中人物查理的话说，你美到令人残疾。"

"我很期待晚餐，"她说，"我要吃热月龙虾。"

---

1 《动物园的故事》：美国剧作家爱德华·阿尔比的作品。
2 即约翰·吉莱斯皮，美国爵士小号手、歌手、作曲家，绰号"迪齐"。

"你都想好了!"

"我爱巴斯克海岸餐厅。你应该没去过他们家。你会爱上那里的。很多名流都爱去,非常别致的一个地方,绝对让你大开眼界。"

"你瞧,我还戴了领带。"

"我很喜欢。我妈说得对,你穿西装、打领带总是那么好看。"

"过奖了。"

"我想问你一个问题。"

"说。"

"你想去参加群交派对吗?"

"再说一遍?"

"你想去参加群交派对吗?"

"群体性交?"他有些难以置信地问道。

"群交通常是这个意思。"她说。

"什么叫——你什么意思?"他问。

"我在表演班认识的一个算是朋友的家伙,问我有没有兴趣参加群交派对。"

"我希望你把他狠狠揍了一顿。这家伙是谁?"

"我问他,我能不能带上男朋友。"

"这就是你的回答?"

"是的。他说没问题,当然可以。这周五,在格林尼治村。"

"你一定是在开玩笑吧。"萨克斯此时已有些慌了。

"不是。怎么了?"

"这是个很糟糕的主意。"他说。

"为什么?这听上去很令人兴奋。"她说。

"群交指的是一群裸体的男人和女人互相做那样的事。"

"我知道群交是什么意思。"

"你去过吗?"

"没有。所以我才觉得这很令人兴奋。"

"每个人想和谁上床就能和谁上床,你喜欢这样吗?"

"你不喜欢吗?这让人很有性欲。"

"但其他男人会和你做爱,和你睡觉。"

"其他女人也会和你做同样的事。说不定同时有好几个呢。"

"我不想让其他男人和你做爱。"

"你也能成为他们中的一员,而且你还能和其他女人一起。"

"你喜欢这个想法?"

"你不喜欢吗?这听起来很性感。"

"可是,我爱你啊。"

"这和爱没关系,只是做爱。纯粹的性爱。"

这时他知道自己有麻烦了,她显然已经沉迷于这个想法。

"我不想和除了你以外的任何人上床。"他说。

"可你不能光看着啊。我是说，你可以看，这也是乐趣之一，但你也得参与进来。我以为你会喜欢这个想法。"

"好吧，我不喜欢。我怎么会觉得和一群赤身裸体的陌生男人共处一室很令人兴奋？"

"老天，你从来没听说过土耳其蒸汽浴吗？"

"那完全是另一码事。再说了，我觉得土耳其蒸汽浴也很恶心。"

"我真不敢相信，你竟然不喜欢这个主意。真正群交的机会有多难得，你知道吗？"

"我不想群交。"

"为什么不想？这很令人兴奋。看人做，做给人看，和几个人做，同时做，连续做。"

"你不用和我解释群交的定义。"

"我以为你会喜欢这个提议。"

"别再这么说了。我爱你。我们之间的性爱，我该怎么说呢，是很神圣的一件事。"

"神圣？我可不会用神圣这个词。这又不是宗教仪式。"

"虽然不是，但我不想看着你和其他男人做。"

"你不觉得这会让你更有感觉吗？"

"我不喜欢你和其他男人做爱的想法，而且还是和一群人，你竟然对这整件事不反感。"

"可他们在我心里什么都不是。又不是说我对他们有感情,他们就是陌生人,新鲜的面孔而已。我一直想参加群交来着。"

"真的?"

"是的。你好像很吃惊。"

"我非常震惊。"

"为什么?老天,我从没想过你会对这件事反应这么大。"

"好吧,那我只能说,你并不了解我。"

"我对你的震惊感到非常震惊。"

"你希望我们去参加群交?"

"是的,是的,别再一直翻来覆去说同样的话了。你就像一个炮弹休克[1]患者。"

"听着,亲爱的,"他很坚定地说,"我们不去参加群交。你想去,这让我很受伤。还有,表演班上邀请你去的那个家伙到底是谁?他明显是想睡你。"

"很多男的都想睡我,但我和你在一起。所以我才说,我必须带上男朋友去。"

"很抱歉,露露,我们不会去的。"

"好吧,那我去。"

"你去?不带我?"

---

[1] 炮弹休克:一种由战争中的强烈压力引起的创伤后应激障碍。

"我希望你来,但我不会因为你害怕冒险,而让自己错过机会。"

"自由落体式跳伞才叫冒险,当然,那玩意儿我也绝对不会尝试。你真是疯了。"

"为什么?就因为我喜欢尝试新事物?抱歉,我没想到你会这么纠结。"

"我只是不想和整个摩门大会堂唱诗班[1]做爱,这也能说是我纠结?"

"我很失望。我觉得你这样很扫兴。"

"真是绝了。你不能就这样自己跑去参加群交。"

"那你一起来啊。别这么大惊小怪的。我们会玩得很开心的。新的人,新的肉体,不一样的感觉。你到底在害怕什么?"

"别再说我害怕了。"

"我必须告诉你,我很不喜欢你这样婆婆妈妈的态度。"

萨克斯傻眼了,不知该怎么办。他在试图说服一个根本不明白他出发点的人。反正她就是想去,也会去,不管他去不去。他试着从绝对客观的角度去看待这件事,看自己是否过于偏执,但肩膀上的那只蟋蟀告诉他,他没有错,是她太狂野

---

1 摩门大会堂唱诗班:美国犹他州盐湖城的一个合唱团,由 360 位年龄在 25 至 60 岁的教会成员组成。

了。我是不是一个胆小鬼?他问自己。我是不是一个婆婆妈妈的人?我是不是一个没用的人?是不是过于拘谨,以至于摆脱不了中产阶级的道德约束?是不是过于胆怯,以至于在性自由和社会习俗之间,不敢选择前者?是不是过于懦弱,以至于无法和露露去参加狂欢派对?是不是归根结底,我骨子里其实只是一名药剂师?那一刻,他感到他即将失去一个自己显然无法驯服的女人。他无法接受她想去参加群交,更不要说,不管他去不去,她都要去。正如让他品尝蜗牛时那样,她对他又逗又哄,又是威逼又是利诱,最终,他不顾自己本能的强烈反对,还是决定听她的话。

周五晚上,当他打车陪她来到一栋位于莫顿街的联排别墅时,他焦虑得想吐。她看上去美极了,而他戴了一条领带,真是个不折不扣的废物。她按了门铃,开门的是一个英俊的年轻人。她报上姓名,说是维克邀请她来的,接着他们便被请进了门。他们能看到远处的一个房间里,有几个人正赤身裸体地搞在一起。一个女人给他们拿来衣架,她披着一条半敞开的浴袍,因此她的身体实际上一览无余。她告诉他们把衣服挂好,酒水就在那边,自取即可,派对在客厅。她把那地方叫客厅。萨克斯的姨妈西尔维娅有一个客厅,但那是用来喝茶和吃丹麦曲奇的,不是用来组性爱菊花链的。露露轻快地脱掉了鞋子。萨克斯则感到浑身僵硬。他没法鼓起勇气脱掉任何一件衣服,即便是松开皮带或鞋带都做不到。他不敢往里屋瞥一眼,生怕看见某个男人的裸体，会忍不住把之前吃的烤土豆给吐出来。露露此时已脱去了上衣，正在解开自己的黑色拉佩拉牌蕾丝文胸。她根本没有注意到，萨克斯已悄悄溜出门，走进夜色之中，呼吸着外面新鲜的空气。

　　他往第六大道走去，准备去那里打车，他知道，那场始于一张长椅的电影结束了。他已太多次注视她的双眼，并在那紫罗兰色的明眸中瞥见了自己的余生。电影的最后一幕竟是如此，他想。这可算不得好莱坞式的结局。他加快了脚步。今年的秋天来得早，而即将随之而来的，是迷人的冬夜。在漫步前往第六大道时，他路过了米内塔巷剧院。他的剧作将在那里首演，很快他们就要开始排演了。他想起剧本还需要打磨。

代 跋

达芙妮·默尔金

要做到诙谐并不容易。只要你曾在鸡尾酒会上听人讲过蹩脚的笑话，并不得不报以苍白而又不失礼貌的微笑，便会懂得，诙谐之愿常有，诙谐之能却不常有。而要把诙谐落在纸上，还要更难一些，因为你无法依靠说话时的节奏、姿势和神情，在合适的时机，或以合适的力道，说出那句俏皮话。在如今看来似已遥远的过去，诙谐的艺术，即被《纽约客》称为"随性之作"[1]的那种幽默文章，是由罗伯特·本奇利[2]、多萝西·帕克、乔治·S.考夫曼和S.J.佩雷尔曼这样下笔飞快的名家带来的。近些年来，诙谐，特别是写诙谐文章，似乎很大程度上成了一件更辛苦、更吃力的事——即便能引来会心一笑，也很难让人轻笑出声乃至放声大笑。

所幸还有伍迪·艾伦。他的许多妙语，无论来自他的文章还是电影，已经成了我们文化的一部分："如果真的有上帝……他最大的问题在于，他可能有些偷懒。"（《爱与死》）。还有一些大家没那么熟悉，却同样叫人难忘的话，其喜剧效果

1　此处指《纽约客》杂志上的《随性》（"Casual"）专栏。
2　罗伯特·本奇利：美国幽默作家，和后文所列的几位作家都曾为《纽约客》供文。

来自以令人意想不到的方式将文化人的典故与大俗人的幽默联结起来:"我曾与弗洛伊德在维也纳共事。我们因对'阴茎嫉妒'[1]持不同意见而分道扬镳。弗洛伊德认为这一概念只适用于女性。"(《西力传》)我尤其喜欢的一句话,出自他1975年出版的第二部短篇集《无羽无毛》里的第一篇作品,《艾伦笔记选》(他的第一部短篇集是1971年出版的《扯平》)。那句话模仿、讽刺了那类像煞有介事的回忆录作者,那种觉得所有人都对他所揭示之事感兴趣,因此令人恼火地试图掩盖自己痕迹的人。他是这么说的:"我是否要娶W女士?她要是不把自己名字里的其他字母告诉我,我就不娶。"[2]他的第三部短篇集《副作用》出版于1980年,第四部短篇集《乱象丛生》则出版于2007年。

艾伦还拿艾米莉·狄金森那高雅的诗句开玩笑,"希望是有羽有毛的东西",将其作为《无羽无毛》的卷首引言,并在书中煞费苦心又非常搞笑地纠正道:"艾米莉·狄金森可是错大了!希望不是'有羽有毛的东西'。有羽有毛的东西原来是我的侄子。我得带他去慕尼黑看专家门诊。"那篇《超自然现象分析》的开头也不容错过:"毫无疑问,是有一个看不见的

---

[1] 阴茎嫉妒:弗洛伊德女性性心理发展理论中提到的一个阶段,在这个阶段,年轻女孩会因为意识到自己没有阴茎而感到焦虑。
[2] 此处及以下几处引用的译文,均引自李伯宏译《无羽无毛》,上海译文出版社,2014年。

世界存在。问题是，它离市中心有多远，营业到几点？"那本书里最了不起的一篇可能要数《门萨的娼妓》了，讲一位十八岁的瓦萨学院学生兼职做应召女郎的故事。她的专长是和客人进行智识上的交流，而雇用她的老鸨还有比较文学的硕士学位。这位应召女郎可以滔滔不绝地和人谈论《白鲸》（"探讨象征主义还要加钱"），还说《失乐园》如何"缺少悲观主义的下层结构"[1]。这篇写得实在巧妙，令人捧腹不已。

像这样的例子可谓不胜枚举。很难相信《无羽无毛》是近半个世纪前出版的。这本书在《纽约时报》的畅销书排行榜上待了近四个月。它巩固了艾伦作为一位智识型笑匠的名声，这与他在影片中塑造的逆来顺受的倒霉蛋形象一脉相承，但又有着不易察觉的变化，从一个谦卑的无用之人变得稍微（仅仅是稍微）能更自信地去评论周遭乖谬的世界。不变的是他那典型的苦闷感（艾伦本人称之为快感缺失症）、都市人的视角以及陷于荒诞的消极人生观，这使得他目之所及的一切，包括爱、性、死亡以及文化丰碑等都带上了悲观的色彩。在《超自然现象分析》的"预言"那一节，他引用了16世纪一位叫阿里斯托尼蒂斯的伯爵故作高深的一句话。"我看到一个了不起的人，"这位智者宣称，"将为人类发明一件衣装，用来在做

---

[1] 这里本文作者把书中十八岁的瓦萨学院学生和另一位十九岁的布兰迪斯大学的学生搞混了。

饭时围在裤子外面，名字就叫'围衣'或是'围君'。（阿里斯托尼蒂斯说的当然是'围裙'。）"

如果说笑匠中有所谓的神童，就像人们称呼十三岁的亚裔钢琴家们为神童那样，那么艾伦显然算是一位。他从十五岁起便能靠写笑话赚钱，后来因经常逃学、不做功课也不认真听讲而从纽约大学退学。短短几年时间，他已开始为席德·西泽[1]的喜剧节目写稿，而且创作笑话的速度惊人。他曾和梅尔·布鲁克斯[2]、拉里·吉尔巴特[3]、卡尔·雷纳[4]以及尼尔·西蒙[5]等人共事，传说他能在打字机前一连坐上十五个小时，并且妙语连珠，俏皮话不断（不存在任何写作障碍）。自60年代起，他开始在格林尼治村的"苦涩终点夜总会"和"尽兴咖啡馆"表演单口喜剧。他还自编自导了几部滑稽喜剧，比如《傻瓜入狱记》（1969年）、《香蕉》（1971年）、《傻瓜大闹科学城》（1973年）以及《爱与死》（1975年）。我仍记得当年看《傻瓜入狱记》时，我还是一个带着"尽管逗笑我试试看"的抵触心理的青少年，但在看到艾伦饰演的银行劫匪举着一张写有

1　席德·西泽：美国喜剧演员。
2　梅尔·布鲁克斯：美国喜剧演员、电影制作人。
3　拉里·吉尔巴特：美国电视编剧、剧作家、导演。
4　卡尔·雷纳：美国喜剧演员、导演、作家。
5　尼尔·西蒙：美国剧作家、影视编剧。

"我有疮"[1]的字条时，我实在忍不住放声大笑。

现在，女士们，先生们，以及非二元性别的读者们，你们的耐心终于有了回报。这位神情幽怨、独具一格的电影导演在超过十五年后，终于带着一本叫《在曼哈顿长大》的最新短篇集归来了。其中有几篇在《纽约客》上发表过，其他则是专为本书而作，包括一篇五六十页长、题为《在曼哈顿长大》的伤心故事。这篇小说带有典型的艾伦风格，交织着浪漫感伤与疑惑不解，那是在这个"为了让他一辈子都搞不明白而专门设计的世界"上的又一个矛盾之谜。

艾伦在这篇小说里的替身是二十二岁的杰里·萨克斯，他在弗拉特布什的一栋红砖公寓楼里长大，"公寓楼以伊桑·艾伦这位爱国者命名。鉴于它污浊的外墙、暗淡的大厅，以及酗酒的管理员，萨克斯觉得'贝内迪克特·阿诺德'这个名字更适合它"。萨克斯在一家戏剧演出代理公司的收发室上班，尽管他的母亲，一个"从始至终毫无魅力的女人"，希望他成为一名药剂师。他们家族最受敬重的成员，是一位"像阿巴·埃班一样口齿清晰"的表哥。萨克斯住在"汤普森街上一个不带电梯的拥挤单间"里，他的妻子格拉迪丝（这个名字很

---

[1] 电影中，主人公的字条上写着"I have a gun"（我有枪），但因字迹潦草，银行工作人员把"gun"看成了"gub"，不明所以，召集了经理和围观群众一起讨论字条的意思。此处意译。

适合首任妻子）在一家房产中介工作，晚上还要去城市学院上学，准备以后当老师。他那"一箩筐的身心疾病"常惹她生气。他沉醉于曼哈顿最迷人的时代，那是属于埃尔·摩洛哥夜总会和吉诺餐厅的时代，是"美好的人儿"在"塞德里克·吉本森设计的布景"里，一边喝着鸡尾酒，一边"谈笑风生"的时代。

春暖花开的一天，萨克斯正坐在中央公园的帆船池西岸，坐在他最爱的那张长椅上，这时一位叫露露的可爱少女坐到了长椅的另一头。她有着一双紫罗兰色的眼睛，眼中透着一股"都市人的聪明"。当他告诉她，自己正在写一部"讲一位犹太女性被迫做出存在主义式抉择"的剧作时，露露便接着说自己的论文写的就是德国哲学，题目是《里尔克诗歌中的自由概念》。她对于萨克斯能以诙谐的方式处理这些主题感到兴奋，而萨克斯对此的反应则是："她的赞许让他的脑壳脱离了躯体，像飞碟一样升空，绕着太阳系转了一圈才飞回来。"从那以后，两人便像命中注定般一拍即合，直到他们的关系因为露露提议参加的一次群交派对而开始恶化。她觉得群交很令人兴奋，他则予以反对。"我只是不想和整个摩门大会堂唱诗班做爱，"他恼火地表示，"这也能说是我纠结？"但话说回来，在伍迪·艾伦的作品里，你又怎么能指望幸福可以长久呢？

这本书里还收录了另外十八篇较短的故事，涉及的话题五花八门：有目标远大但穷困潦倒的男演员（他的经纪人是联合寄生公司的托比·芒特）的故事；有讲述左宗棠鸡名字由来的故事；有温莎公爵及夫人在伦敦贝尔格莱维亚区的临时宅邸里发生的故事，公爵终日苦思冥想如何才能设计出满意的温莎结，而"试图打发时间的公爵夫人，一边看着地板上摊开的舞步示意图，一边练习着瓦图西舞"。其中一篇《公园大道，高层，急卖——卖不出去得跳楼》，描绘了房产中介的贪婪和不择手段，另一篇则讲述了一匹马如何恣意挥洒丹青，成了一名炙手可热的画家。在《曼哈顿龙虾故事》里，主人公阿贝·莫斯科维茨先是"突发心脏病死掉了，转世成了一只龙虾"，接着故事演变成了对大骗子伯尼·麦道夫的嘲讽，其本人差点也变成了一只龙虾。在《钱能买到幸福，才怪》里，《大富翁》成了雷曼兄弟公司的前员工们玩的代价高昂的真实游戏。有一篇讲的是一群难以管教的鸡，还有一篇讨论了各种枕头的优点，对话发生在伦敦的探险家俱乐部。书里还暗戳戳地讽刺了"觉醒文化"，当然，有着矫饰的浮华和虚假的阶层的好莱坞，也频遭无情鞭挞。

最关键的一点：艾伦给人带来欢乐的能力丝毫未减，无论是通过刻意浮夸的文风，包括胡乱使用一些巴洛克式的、冗长或者生僻的词汇——比如 geegaw（华而不实之物）、afflatus（神灵启示）、syncope（晕厥）、callipygian（臀部线条匀称的）、crepuscular（黄昏）——还是为他的角色创造一些用力过猛但偏偏又很合适的名字，比如哈尔·洛奇佩斯特、休·福斯米特、帕努夫尼克、默里·安格尔沃姆、格罗斯诺斯……可谓举不胜举。还有他惯用的人文典故点缀其间，从斯克里亚宾、雷茵霍尔德·尼布尔、拉罗什富科到斯特林堡和屠格涅夫。当然，也有不那么晦涩的人名：麦莉·赛勒斯。也许，对像我这样在学术道路上半途而废的人来说，最让人拍案叫绝的典故恐怕是像"一喜云雀"这样的短语，以及叶芝的那句"那钟声播扰的海洋"。如果你用心听，就能在文字背后听到艾伦独具特色的说话风格：齿音化的辅音，看似不带感情色彩但又暗藏锋芒的腔调，有时最平常无奇的言论会突然话锋一转，变得天马行空，仿佛精神错乱。

在当下时日，少数能让我们在幽暗和绝望中获得可靠的喘息之机的乐事之一，便是那轻松刺激的幽默和口无遮拦的戏谑，提醒我们生活并不只有骇人的一面。

如今我们比以往都更需要能逗人发笑的小丑。有请伍迪·艾伦登场。

说 明

以下几篇最初刊登于《纽约客》杂志：

《奶牛也疯狂》
（2010 年 1 月 18 日）

《真正的天神化身请起立》
（2010 年 5 月 10 日）

《曼哈顿龙虾故事》
（2009 年 3 月 30 日）

《欸，我把氧气罐放哪儿了？》
（2013 年 8 月 5 日，本书收录的版本已经作者修订）

《万籁俱寂》
（2012 年 5 月 28 日）

《使劲想，会想起来的》
（2008 年 11 月 10 日）

《钱能买到幸福，才怪》
（2011 年 1 月 24 日）

《向上翻，绕个圈，然后穿过去，殿下》
（2008 年 5 月 26 日）